ルブルム先生奮戦記

田浦直

長崎文献社

もくじ

第一章　院長ポスト……3
第二章　自治会の岩山……97
第三章　レクイエム……191
第四章　ドン・キホーテの選挙……277

表紙絵・カット：小﨑侃

第一章

院長ポスト

（1）

市道から病院敷地に入り玄関を抜けて奥の駐車場に進んだ。職員駐車場といっても外来患者の車がよく駐車するので停められないことがあるが、幸いきょうは空いた場所があってホッとした。急いで医局で白衣をはおり、二階の皮膚科外来へと向かった。

昭和四十年（一九六五）四月からルブルム先生は長崎平和祈念病院（通称・祈念病院）の皮膚科に勤めはじめた。

家から病院までは十五分くらいしかかからないのだが、NHKの朝ドラを見てから自宅を出るので、いつも午前九時の外来診察ぎりぎりになる。受付の峰かおりさんも看護師の若杉佳奈さんもちゃんと心得ていて、さっそく患者さんの呼び込みをはじめた。ひとりで診察するので新患も旧患も受付の順番で、診察が昼までに終わったためしはない。

この病院は昭和二十年（一九四五）、長崎に原爆が落とされたとき、長崎市が原爆被災者の治療のため診療所を急きょ開設したのがはじまりだが、被爆患者の増加とともに規模が拡大され、昭和三十三年（一九五八）お年玉年賀はがき寄付金の配分により「病院」となり、後に日本赤十字社が運営することになった。

戦争のない平和な世界を祈念して「平和祈念病院」と名付けられ、現在では三百六十のベッドを有する市内屈指の総合病院となった。医師総数は二十八名、臨床部門のほかに病理の医師もいる。

勤務をはじめて、肩書こそ皮膚科部長ということだったが、皮膚科医師は自分ひとりと知って驚いた。皮膚科だけでなく、眼科、耳鼻咽喉科、泌尿器科など、いわゆる「小さな科」と呼ばれる科は、すべてひとりの医師で診療しているのだ。

この規模の病院で医師ひとりだけの科があるというのはおかしい、どんな科でも外来、入院、手術をおこなうので最低ふたりの医師はいるべきだ。

さっそくひとりだけの科の先生と相談すると、もちろんそのことに異論はなく、ルブルム先生が代表となって、「全診療科二人以上医師を確保してほしい」と病院側に申しこんだ。

当時の医療現場では、小さな科は専門医が少ないのでひとりで勤務するのが当たり前のようになっていて、医師自身それを当然としていた面もたしかにあった。また病院側にすれば、ひとりでやってもらえれば経済的にそれに越したことはなく、両者の了解が暗黙裡に成り立っている節もあった。

しかしルブルム先生にすれば、祈念病院ほどの規模の病院なら複数の医師がいて当然で、そうでないのは病院側の怠慢と感じとったのである。

思いたったらじっとしておれない性格だったからさっそく行動を起こした。

それにしても病院側は驚いたことだろう。

これまで管理者は管理者、医師は医師、また事務は事務ということで、お互い干渉しないで運営していたらしいから、とんでもない新人医師が入ってきたと思ったに違いない。

祈念病院の瀧澤邦久院長は地元大学の内科教授で、定年後に長崎市が開設したばかりのこの診療所に着任した。

「診療所」が患者の増加とともに「病院」となり、より充実してきたのは被爆者にとって朗報だった。だが病院は職員が増え建物も新築し、新しい医療機器も揃えなければならず、急速に経費が膨らんで瀧澤院長は頭を悩ましていた。

病院がそのような時期だったので、ルブルム先生のこの行動は院長にとっては不快だったにちがいない。ただ勤務して日が浅いルブルム先生にすれば、そんな病院の実情はつゆ知らず、ただ自分の考えを主張したにすぎなかった。

申し入れをしてしばらくたったある日、ルブルム先生は日高修《おさむ》副院長に呼び出しを受けた。

日高修先生もこの病院の創設時からの内科医で、昨年副院長に昇格された。祈念病院の診療面を引っぱっているのはこの先生で、巷間では被爆者医療に熱心な医師として評価が高かった。

午前中の外来診療を終えると昼食を取る間もなく、急いで管理棟の二階にある副院長室に向かった。

医局で副院長と顔を合わせたことは何度かあったが、こうしてふたりだけで対面するのははじめてでいくぶん緊張したが、副院長は笑顔で部屋に迎え入れてくれた。

改めてこうして見ると、副院長は小柄で顔が浅黒く風貌に野人の雰囲気もあるが、どこか学者らしい実直さがうかがえた。

副院長室の正面には机があり、手前に応接用のソファーが置かれていた。横の壁は本棚になっている。

机のうえに銅で作られた平和の鐘の模型が載っている。これは原爆で崩壊した浦上天主堂の残骸のなかに残った鐘をモデルにしたもので、「長崎の鐘」と呼ばれて長崎原爆の悲惨さを象徴する代表的な土産物である。

あいさつをし、すこし雑談を交わすと副院長は、先日の君からの申し入れについて説明をしたいと切り出した。

すかさずルブルム先生が、

「赴任するまでは、祈念病院はもっと充実した病院と思っていました」

と発言すると、

「いやぁー、そういわれるとまいる」

と、副院長は両手で上着のポケットをまさぐり、やがて左のポケットからタバコを取り出した。

「だってこれだけの病院ですから、医師ひとりというのはあり得ないですよ」

とルブルム先生は追い打ちをかけた。

副院長はそれを聞き流しながら、椅子から立ち上がってどうぞとソファーを指さした。

「外来、入院、手術を毎日ひとりでこなさないといけないのですから、私自身病気にもかかれません」

ソファーに座りながら、なおも皮肉っぽく言葉を投げかけた。

「そうなんですよね、皆さんにずいぶんご苦労をかけています」

副院長はそう応じながら立ちあがって本棚に行き、幾冊かの書類を手に取って見ていたが、そのなかから二、三冊を選んでルブルム先生の前に置いた。

ルブルム先生がその一部を手に取ってパラパラとめくると、それらは病院の過去の決算書、被爆者団体からの要望書、病院から国・県・市への陳情書などで、こんな書類は自分のような現場で働いている者には何の興味もありませんと言おうと顔を上げたが、なんとなく副院長の真剣な顔つきに気圧されてしまった。そのうえ、

「先生の要望は正論です。だのになぜこれまで医師を増やせなかったか。これには病院の置かれている現状があります。それをぜひ知ってもらいたいのです。ですからその説明をしますがよろしいですか」

といわれ、黙ってうなずいてしまった。これでは病院側のいいなりになってしまうと後悔したが遅い。すでに副院長は説明を開始していた。

「祈念病院は日本赤十字社が運営母体ですが、経営上は独立採算制です。したがって基本的には病院の収入で病院の運営をしなければなりません。これが大前提なのです。医療はもともと採算に合わなくても患者に最善を尽くすのが当然ですが、被爆者にたいしてはなおいっそうそうあらねばならないと私は思っています。また都市への原爆投下は人類史上はじめてのできごとですから、被爆者のデータは大変貴重な資料です。したがってその研究にわれわれは全力を注がねばなりませんが、皮肉なことにその研究は病院の経費でおこなうので、経営上大きな負担になっています」

副院長はここでタバコを一口吸いこんで大きく煙を吐いた。

「病院の収入は診療報酬から得られることはご存じでしょうが、研究は報酬の対象にはなりません。またいまの診療報酬制度そのものにも問題があります。日本の医療界は大きく診療所を主体とした日本医師会と病院を束ねた幾つかの病院協会とに分かれていますが、日本医師会は結束力と政治力が強く、いっぽう病院の組織はいくつかに割れているのでバラバラです。その力関係でこれまで診療報酬の改定は診療所側に厚く病院側に薄いという状況がつづいていて、そのため全国の病院という病院はほとんどが赤字経営に陥っています。祈念病院はそのうえ、いまいったような不採算の研究部門を抱えているのでいっそう経営は深刻です」

副院長は決算書を一ページ、一ページ示しながら苦しい台所事情をていねいにしかも熱っぽく説明した。

重要なところには赤インクでアンダーラインまで引いてくれた。

「そんなわけで当病院は残念ながら赤字の連続です。まずそのことを理解してください」

副院長はそこで言葉を切ってじっとルブルム先生を見た。

ルブルム先生はその説明を聞きながら胸のうちで抵抗を覚えていた。

――われわれ現場の医師は患者の診療に追われっぱなしなのだ。病院の経営は管理者の役割であって、われわれが赤字の理由を聞いても意味がない。しかも日本病院協会の力が弱いのはあなた方の責任ではないか――。

「そこで先生からの要望ですが、私も医師を増やして病院を充実させたいという気持ちはいっしょです。というより私のほうが先生より強く望んでいるかもしれません。

ただ、いま説明したように独立採算という枠のなかにはめられて、しかも病院が大赤字ではいますぐというのは困難なのです」

最後に困難と結論されて無性に腹がたってきた。これでは財政を理由に私たちの要望を断るといっているのにすぎないではないか。

ルブルム先生は反発した。

「これまでの説明で祈念病院の経営が非常に深刻だということは分かりました。しかしそれは私たち現場の医者の責任ではないはずです。だから病院が赤字だから医師の増員は駄目だとおっしゃられても納得しかねます」

いい訳をするだけなら交渉は断絶だと口にしたかった。

「これまでの説明は先生にまず病院の実態を知ってもらい、そのうえで話を進めたいと思ったからです」

副院長は意外と明るい声で応じた。

「いいですか、先生の要求のように各科複数の医師を置いて病院をより充実させたいのは私の願望でもあるのです。病院としてかならず実現させねばなりませんし、私は必ず実現できると思っています」

副院長の言葉は力強い。が、そう力強く語られても、独立採算で病院の経営が黒字にならなければ医師を増やせないと、いまいわれたばかりだし、病院は赤字が増大こそすれ、改善される見込みがないと説明されたばかりではないか。

黒字を目指すには収入を増やすか支出を減らすしかない。意気込みだけではむなしい。

「私どもにこれ以上収入を増やせといわれても、とても無理ですよ」

ルブルム先生は先手を打って発言した。増員できない理由をこちら側に向けられてはかなわない。

「うちの職員はいまでもよく働いてくれているし、病院の経費もこれまで随分切りつめてきていますから、それはよく分かっています。そうでなくて採算を好転させる材料はあるのです」

副院長は穏やかな目をルブルム先生に向けた。

「まずは原爆の医学的研究、これは本来国がすべきことを病院がやっているのだから、これから生じる不採算は国に補助してもらう。これだけでも病院としてはずいぶん助かります」

話しながら副院長は国への陳情書を書類のなかから取り出した。毎年要望書が祈念病院から厚生省に提出されているらしい。

「そうですか。それ、うまくいくのですか」

はじめて要望書なるものを見せてもらったが、国との交渉といわれても雲をつかむような話で、どこまで期待できるのかさっぱり実感が湧かない。

「国も要望している内容はよく理解してくれています」

副院長はこれまで厚生省への陳情を重ね、折衝をつづけてきたらしく自信ありげだ。

ルブルム先生はいいように国にあしらわれているのではと胸の内でつぶやいた。

「もうひとつ、何といっても診療報酬のアップ。診療報酬は二年に一回の改定が恒例ですから来年はまちがいなく改定があります。もともと一生懸命働いても赤字になるような現在の診療報酬自体がおかしいのです。先生もそう思いませんか」

「それはそうですが、点数のことはよく分かりません」

外来や病室で診療はするが、それがどれほどの報酬になるのかまったく知らない。

これもまた国の話かと浮かぬ顔をすると、副院長は本棚のなかから一冊の書類を取り出してルブルム先生に見せた。

「この報告書、これは昨年度の民間病院の経営を厚生省が実態調査した資料です。その分析の結果、いかに全国の病院経営が悪化しているかが詳細に報告されてあります」

「厚生省はそんなデータを集めているのですか」

厚生省が自分の足下の国公立病院だけでなく民間病院の経営まで調査しているとは意外だったが、ともかく報告書を手にして細かい数字を眺めていると、

「この時期、厚生省が民間の病院の経営を調査、報告したのは狙いがあるのです」

副院長は少し笑みを浮かべながらいった。

「狙いとは？」

とルブルム先生。

「つぎの診療報酬改定です。いまのまま臨めばまた日本医師会の言いなりで、診療所に厚く病院に薄い改定になるのを心配しているのです」

「ということは……」

「つまり厚生省は、次回の診療報酬改定では病院側を大幅にアップさせなければ、病院が波及的に倒れる状況だとアピールしているのです」

「厚生省は民間病院に同情してくれているのですか」

「それもあると思いますが、自分の足元の国公立病院が大赤字ですから、その改善を図りたいのがいちばんでしょう」

「そのためのアドバルーンですか。それにしても病院協会はなにをしているのでしょうか」

副院長はちょっとためらったが、

「病院協会はいくつかに割れていて、お互いの仲が悪い。それぞれの会のトップが功成り名遂げた学者ばかりですから自尊心が高く、こういう俗っぽいことには関心が薄く、まとまりません」

「情けない話ですね」

「そう、このままでは日本の医療が崩壊しかねないと厚生省が乗りだしてくれたので、われわれにとってはありがたいのです」

副院長は自分の所属する病院協会のことなのでいいにくそうに説明した。灰皿にはもう五、六本の吸い殻が載っている。ルブルム先生はタバコを吸わないのですべて副院長のもの。医師でありながら相当のヘビースモーカーだ。

診療報酬に厚生省が本気に取り組んで、病院側に有利に展開させようとしているならば、少しは脈があるのかもしれない。

しかし先ほど聞いた国からの補助あるいはいまの診療報酬の改定にしても、あなた任せのまだ先の長い話のようだから、大きな期待は持たないことにしよう、と判断した。

「副院長、いずれにせよ増員の件、早くお願いします」

どうやらきょうはこれ以上増員の件は進まないと見通しを立てると、自分のほうから話を終わりに持っていった。

副院長はあっさりルブルム先生が引きさがったのに意外な表情をしたが、

「いい機会だから少し時間をもらっていいですか」

今度はルブルム先生のほうから発言を求めた。

副院長は書類を元の本棚に納めていたが手を止めて、

「いいですよ、どうぞ」

と短く返事をした。

「私がこの病院に勤務するようになって考えさせられたことがあります。それを聞いてください」

と切り出した。被爆者診療、研究に関して感じたことを誰かに聞いてもらいたかったので、まさにいい機会だった。

昭和二十年（一九四五）八月、広島、長崎に原子爆弾が投下された。その威力はこれまでの爆弾とはかけ離れたすさまじいもので、両都市は原爆投下地点から見渡せる限り焼け野原になり、即時二十万の人が亡くなった。そればかりか原爆の放射線による後遺症などで死者は後から後から増えていった。

米国は原子爆弾による人体への影響をよほど知りたかったのだろう、終戦の翌年には広島、長崎に米国直轄の「原爆傷害調査委員会（ＡＢＣＣ）」を設立した。

長崎では当初長崎医科大学付属病院内に開設、のちに新大工町の長崎県教育会館をそれにあて、より充実したものになった。

ルブルム先生はこの新大工のＡＢＣＣに昭和三十八年（一九六三）から勤務し、原爆による皮膚の変化を研究することになった。

先に来崎し研究をつづけていたエール大学皮膚科助教授ミセス・ジョンソンの指導のもとに、二万人の被爆者と非被爆者の皮膚の変化を二年サイクルで観察、記録し、年次的変化を研究するのが主な仕事だった。

ルブルム先生は狭いながら個室を与えられ、専属の女性通訳が配置され、週三日は大学にもどって研究できる余裕のあるスケジュールを組んでもらっていた。また施設内には研究の雑事を減らすため、事務員、運転手、ケースワーカーなど関連スタッフが十分にそろえられていた。

人、物、時間を惜しみなく与え、とにかく原子爆弾の人体への影響を徹底的に調べたいという米国の意志を、ルブルム先生は強く感じた。同時に、その熱意の裏に将来の原爆に対する米国の国家的戦略があると察知し、世界的に貴重な原爆の研究が外国人によって日本国外へ流出することに研究者として残念な気持ちを抱いた。

その体験から祈念病院に転勤して来て、原爆に対する日米両国の取り組みに大きな差があるのを肌で感じていた。

いい機会なので病院の責任者のひとりである日高副院長に、自分が体験した原爆に対する日米間の取り組みの違いを聞いてもらいたかったのだ。

「祈念病院は被爆者を対象に診療している世界で唯一の病院でしょう。だったら赤十字でなく国自体が調査、研究すべきだと私は思います。年賀はがきの寄付金で病院を建て、運営を赤十字に任せるというのは被爆国として無責任ではないですか。被爆者検診は被爆国日本だけがなし得る立場にあるのですから、その研究成果を日本人自身によって世界に発信できれば、日本は世界の医学に素晴らしい貢献をすることになると思います。それが世界唯一の被爆国家である日本の義務であり、同時に特権ではないでしょうか」

ＡＢＣＣの待遇はよかったが、仕事の内容が被爆者の調査研究に片寄っていて治療に力を入れてなかったという問題はあった。しかしその米国にくらべ、日本政府の被爆者に対する取り組みがあまりに貧弱で、落差がありすぎることを祈念病院に勤務して強く感じた。

副院長は少し驚いたようにルブルム先生の顔を見つめ、ポケットから新しいタバコを取り出し、マッチで火をつけた。

「君はＡＢＣＣに三年間もいたのか。確かに君のいうとおりだ。もっと日本政府は力を入れるべきだ」

副院長はあっさり同意した。

「日本人の被爆データだから日本人の手で研究、発表するのは当然で、その研究成果がこの祈念病院から全世界に発信できるようになれば、われわれのやりがいは一段と高まる。世界中の医師の耳目《じもく》が日本のこの病院に集まる」

「副院長もそう思いますか」

「そういう点から被爆者医療を国営でおこなうべきだという君の意見は正しいと思うよ。それをこの病院みたいに独立採算でやれというのはもともと論外なのだ。先生に先ほど私が説明しただろう、不採算の研究部門には国が補助金を出してほしいと。その根拠はいみじくも君がいまいったことと同じ考えに基づいているわけだ。国がやるべき研究をわれわれは赤字にあえぎながら代わりにやっているのだから、スジは通っているだろう。これでも祈念病院としては随分控え目の要望をしているつもりだ」

「そういわれればその通りですが」

「君の原爆に対する日米間の対応を聞いて大変参考になった。だからせめて不採算部門ぐらい国で面倒見てほしい、とわれわれが要望しつづけていることを君にも理解してほしい」

「いっそ国立病院にしたらどうですか」

「それができればベストだ。被爆者団体からそういう働きかけもある」

いつの間にか自分の説明が逆手に取られてうまく乗せられてしまった感があって、

副院長も油断がならないと思ったが、被爆者医療への熱意は人一倍持っておられるようだ。また被爆者団体というものが存在して、その団体が同じ考えを有しているという話は初耳だった。

（2）

長崎の夏は暑い。とくに原爆が落ちてから暑くなった。ルブルム先生自身被爆者でその思い出に暑いという記憶が強く残っているせいかもしれない。八月九日の長崎原爆忌が歳時記で秋になっているのも気に入らない。

あの日は学校が夏休みで、十人町の自宅から樺島町にあった父親が経営するかまぼこ工場へひとりで遊びに出かけた。小学二年生八歳のときだった。

工場はバラック建てでその日は人気《ひとけ》がなく、がらんとしていた。なかに入るととても暑く、上着を脱いで上半身裸になった途端、音を立てて建物が崩れ落ちた。だから閃光も爆風も記憶にないが、慌てて外へ飛び出し、道を隔てたところにあった防空壕に逃げた。

防空壕のなかは薄暗く逆にとても寒くて、裸になっていたので近くに落ちていたタオルのような布を上半身に巻きつけたが、すぐに誰かに取り返された。それからどれくらい経ったのだろうか、十人町の自宅のお手伝いさんが捜しにきてくれ、暗く寒い防空壕に避難していた私を見つけ出してくれたのだった。

連れられて自宅に帰る途中、県庁坂で花火のように火の粉が空一面覆っていたのを鮮明に覚えている。夜になっていたのだろうか。

手を引かれて歩きながら悲惨な状況を見ているはずなのに、怖いと感じた記憶は残っていない。なにが起こっているのか考えられる年齢ではなかったのかもしれない。いま思えばこのお手伝いさんこそ怖かったに違いない。当時まだ十代の年端もいかぬ娘の身ひとつで、原爆投下直後の大混乱した街中を通り抜けて、十人町から樺島町まで私を捜し回ったのだから。防空壕に隠れていた私を捜し当ててくれたのは奇跡に等しい。

十人町の自宅は少し高台にあったので爆風でガラスが割れ、母や兄はその破片で怪我をしたけれども、幸いなことに大した傷ではなかった。私が帰りつくと家族全員でドンの山のほうに逃げた。

考えてみると、この行動にどんな意味があったのだろう。しかしたくさんの人がその山のほうへ逃げていたから何か流言飛語《りゅうげんひご》が流れていたのだろうか。なにせ想像を絶する異常な状況だったのだから。

山の芋畠に腹ばいになりながら、空に大きなきのこ雲が浮かんでいるのを見た。その雲は暗いねずみ色をしていて眼下の街を覆っていた。

翌日は自宅にもどり、ふだんと変わりなく近所の友達と遊んでいたから、このあたりは直接の被害が少なかったのかもしれない。距離は爆心地から約五キロ。放射能には相当汚染されたのだろうが、放射能という言葉さえ知る由もなく、水でも野菜でも平気で飲み、食べた。食べるのが最優先の時代だった。

自宅から階段の坂道を降り切ると広馬場に出る。

ここは子どもの遊び場で毎日友だちとこま回し、缶けり、かくれんぼなどをして一日じゅう遊んだ場所だ。

原爆が落ちてからその広馬場では来る日も来る日も、木材を井形に積み上げ遺体を焼く光景がつづいた。

夏の暑い日差しを倍加させる炎が途切れることなく、そこから天に向かって上がっていた。

ルブルム先生は原爆を体験した自分が医師となり、ABCC、祈念病院と原爆に関係深い仕事を与えられたのは単なる偶然ではなく、運命的なものかもしれないと考えることがときどきある。しかし自分に何を求められているのかはまだ分からない。

暑いといえば、祈念病院皮膚科で入院治療している菅耕平さんはもっと暑い体験をしている。

菅さんの背中は一面火傷の跡が残っていて、そこからいわゆる「原爆ケロイド」と称されるケロイドが発生、背中の皮膚全体が凹凸に盛り上がっていた。

原爆による熱線で火傷を受けた被爆者は数えきれないが、ケロイドができる率は他の火傷と比べて統計上異常に高いらしい。

菅さんはそのケロイドに緑膿菌《りょくのうきん》が感染した。緑色の膿《うみ》がこびりつき、熱と痛みでさいなまれた。緑膿菌は厄介な菌で、当時の抗生物質では効力がない皮膚感染症だった。それでも抗菌作用の有効性を確かめながら効き目のありそうな軟膏を毎日患部に塗布し、何とか治してあげたいと悪戦苦闘していた。

その菅さんは「被爆者健康手帳」を有していないという。

家族の説明によれば、菅さんは被爆当時六歳で、その日いつものように近所の子どもたちと近くの川で遊んでいて、原爆の熱線で背中いっぱい大火傷をした。

その川は原爆落下中心地から東に約六キロ地点で、現川《うつつがわ》と呼ばれる集落を流れている。しかしこの地域は長崎市東部に隣接していて爆心地からわずか六キロの地点であったが、長崎市ではなかったので被爆地域に指定されていなかった。当時国が長崎の被爆地域と指定した地域は、爆心地から南北に約十二キロ、東西は約五キロの範囲で、ほぼ長崎市の行政区域に準じて指定されていたからだ。

しかし原子爆弾は上空五百メートルで炸裂、爆発しているのだから、被爆地域を行政区域で定めたのはおかしい。

ルブルム先生は菅さんの治療を受けもつようになって国の被爆地域指定範囲に大きな疑問を持った。

祈念病院に勤めるようになってから、被爆者医療には医学以外の政治、行政も深く関わっていることをルブルム先生は身をもって認識しはじめていた。

久しぶりに小児科の千代田医師に誘われて医局で碁を打っていると、皮膚科外来の若杉看護師から「菊池記者が見えていますよ」と電話が入った。

千代田信也先生は長崎大学の八年先輩で、祈念病院の医局長を務めている。趣味が囲碁なので囲碁を通じて親しくさせてもらっている。

もうすぐ終わるから待ってくれるようにと返事すると、横から千代田先生が、「間もなくルブルム先生が投了《なげ》ますから」と、電話に向かって大声で茶々を入れた。観戦していた周りの先生からどっと笑いが起こったが、きっと電話の向こうで若杉さんも菊池記者と一緒に笑っていることだろう。

勝負は千代田先生の予言通りに終わった。時間に追われると勝てないな、とルブルム先生は負け惜しみをいいながら皮膚科外来へと急いだ。

若杉佳奈看護師は二十三歳になったばかり、働きながら準看護学校を卒業し正看護師の資格を取得したしっかり者で、皮膚科外来をひとりで仕切っている。いっぽう、菊池哲之記者は二十歳台半ばの張り切りボーイで怖いもの知らず。地元の新聞社で原爆関係を熱心に取材していた。

「またふたりでおれの悪口をいっていたな。顔にそう書いてある」

ふたりを見ながらからかうと、

「先生、千代田先生に負けたのでしょう。負けて機嫌が悪いとちゃんと顔に書いてあります」

と若杉看護師に見事にしっぺ返しされた。

菊池記者はどこか気が合うと見えて、ルブルム先生のところによく出入りしている。医者の増員で病院側とやり取りをしていることにも関心を持って、ときどき情報を入れてくれる。

「増員の件、なかなかうまくいかないようですね」

と菊池記者が水を向けた。

「いやになるよ。八方塞がりだ」

と弱音を吐くと、

「副院長も真剣に受けとめているようですから、もうしばらく粘りましょう」

と励ましてくれた。

「それならいいけどね。病院も早く黒字になってくれると実現しそうだけれど」

副院長との話を思い浮かべながら愚痴ると、

「それは当分むずかしいのでは」

と菊池記者はあっさり突き放した。

「祈念病院から毎年国に補助を陳情していると副院長に聞いたけれども、どうだろう」

「国は簡単には動かないでしょう」

と、これもひとことで撥ねつけられた。

「でもね、もともと原爆医療は国がやるもので、一《いち》病院に任せるというのはおかしいのではないの？　菊池君はどう思う」

ここぞとばかり日ごろの持論をぶっつけてみた。

「それはその通りでしょう」

今度はいともあっさり同調してくれた。

「私は先日、副院長に同じことを聞いてもらった。被爆者の医療、研究はどこの国にもできない研究で、被爆国日本が全力で取り組まないのは国の怠慢だと」

「副院長はどういっていましたか」

「祈念病院はたしかに国営が正しいあり方だと思う。だから国営が無理ならせめて赤字の研究部門ぐらいは国で面倒見てほしいといっておられた」

「それだけでも実現すればこの病院は相当楽になりますけどね」

　菊池記者の同情的な発言の裏には、実現する可能性は低いと見ている節が読み取れる。

　ルブルム先生は最近強く疑問に感じている被爆地域指定のあり方についても、菊池記者の意見を聞いてみようと思い、まず菅さんの病状をひと通り説明した。

「これほどはっきり原爆に起因しているのが分かっているのに、被爆者医療の適用にならないのはおかしい」

　と、胸中を吐露してみせた。菊池記者は説明にうなずきながら、

「つまるところ被爆地域の指定のあり方が問題ですよね。火傷以外にも白血病やがんなどで、同様の患者さんが結構いますよ」

　と指摘した。

　ルブルム先生はわが意を得た気持ちで、

「現在認められている被爆地域の範囲にはどうも納得しかねる。なぜこの範囲なのか、どこで決まったのか知りたい」

というと、菊池記者は、

「次回くるときその関係の資料を持ってきましょう」

とルブルム先生に約束し、若杉さんに軽く手を挙げ部屋を出ようとした。が、ふと気がついたように足を止めて、

「先生、小耳に挟んだのですが、瀧澤院長が辞めるって本当ですか」

と振り返って訊いた。

「えっ、そんな話あるの」

尋ねられたルブルム先生のほうがびっくりして声をあげた。

いわれてみれば、瀧澤院長は大学教授を定年退官して以来、十年間勤めているのだから年齢も七十五歳になっている。とすればそういう話があっても不思議はない。

「若杉君、そんな話聞いたことある?」

と若杉君を見たが、若杉君も首を横に振った。

菊池記者の姿が見えなくなるとさっそく、先ほどまで医局で碁を打っていた千代田医局長に電話をかけた。

「それは私も初耳だ」

千代田先生も本当に知らないらしい。大学に情報通の友人がいるから連絡してみようと、関心を示してくれた

(3)

今年の夏も暑い。この暑い夏に皮膚科は患者が集中する。湿疹、皮膚炎、水虫など代表的な皮膚病はどれも夏の病気だ。おかげで外来は患者であふれている。

「ルブルム」とは水虫を起こす菌、ルブルム白癬菌《はくせんきん》に由来している。大学の医局時代、ルブルム菌の研究で顕微鏡ばかり覗き込んでいたのを医局員が面白がってあだ名につけた。もちろん立派な日本人で、ごくありふれた姓名もちゃんと持っているのだが、今はルブルムのほうが通りがよい。

祈念病院に来てからも水虫には強い関心を持っていて、外来診察室の机の上には顕微鏡が乗せてある。

水虫、田虫が疑われるような患者がくるとその患部の皮膚をピンセットでむしり、苛性カリ液で溶かし顕微鏡で覗き、白癬菌が見つかったら患者にも顕微鏡を覗かせる。そのときの患者の反応を見るのが楽しい。

その忙しく暑い夏、正確には昭和四十六年（一九七一）八月一日、医療界を揺るがす大事件が勃発した。

全国の医師が保険医を辞退するという、医師会による保険医総辞退闘争である。日本ではその十年前、皆保険制度が導入され、原則国民はすべて医療保険によって診療を受けられるようになり、国民医療は大きな変革を迎えた。

それまでは〝赤ひげ〟に象徴されるように、日本の医療は医師と患者の直接の関係で、個人と個人のつながりだった。それがこの保険という制度が導入されて、医療は保険医（病院、診療所）と被保険者（患者）の関係に変わり、さらにその健康保険に公費が導入されるようになると、国が医療制度に大きく関わるようになった。

この公的医療保険制度は国民すべてが加入できたので、「皆保険《かいほけん》」と呼ばれ、国民は保険書一枚でいつでも、どこでも、だれでも適切な診療を受けられるようになり、世界でももっとも優れた医療制度のひとつとして評価されるようになった。

国民にとってはお金の心配をしないで診察してもらえ、適切な治療を受けられるという朗報だった。

しかしこの新しい制度も国民が馴染んでしまうと乱用という弊害が生じてきた。たとえば風邪や二日酔いのようなこれまでは薬局で済んでいた病気でも大病院を受診するようになり、医療機関の患者総数は急激に増大、それに応じ医療費は膨張し国は莫大な赤字を抱えるようになっていった。

毎年増えつづける赤字に、国は診療報酬の適正化というスローガンのもと、医療費の国庫補助額抑制に乗り出さざるを得なくなってきたのだ。

診療報酬は医療保険から医療機関に支払われるが、その点数は厚生省の審議機関、中央社会保険医療協議会（中医協）で審議され決定される。その委員は診療側、支払い側、公益委員の三者から構成されるが、診療側委員は全員日本医師会が推薦する仕組みになっていて、日本医師会は診療報酬改定に絶大な力をもっていた。

この年の二月、中医協に円城寺次郎会長から、「診療報酬体系の適正化について」と題するメモが提出された。適正化という言葉で国民医療費の抑制を図ろうとしたものだった。このメモに対し、〝ケンカ太郎〟と異名を持つ武見太郎日本医師会は真っ向から反対を表明、その強烈なリーダーシップのもと、全国開業医の保険医総辞退という戦術を編み出し対抗したのだ。

医師が保険医を辞退すれば患者は保険で診療してもらえなくなり、診療費を現金で支払わねばならなくなる。いっぽう、開業医はこれまで保険証一枚で診療していたものを現金で取り扱わなければならず、医療機関の窓口は大混乱になった。

日本医師会の会員は大別して開業医(A会員)と病院勤務医(B会員)に分かれるが、病院の団体である日本病院協会はこの日本医師会の闘争には批判的な発言を繰り返した。さらに保険の支払い側である健康保険連合会(健保連)は診療報酬の抑制には当然賛成で、受益者の診療側との激しいせめぎあいもあり、医療界はパニックに陥った。

厚生省は全国の公的病院に、この総辞退には参加しないよう指示を出し、当初この保険医総辞退に同調する医師はおそらく少数で長続きしないだろうと楽観視していた。ところがその予想を覆して四十六都道府県医師会は一致してこの闘争に賛同、百パーセント近い開業医が保険医を辞退した。

祈念病院は公的病院で保険医辞退に参加していないので保険証が使え、そのためどの科の外来も患者が殺到し病院は大繁忙を極め、皮膚科でも新患が急増し、外来診療は午後三時過ぎても終わらなくなった。

ルブルム先生は病院経営が赤字なのはいまの医療保険制度に起因していると副院長から詳しく教えられたばかりなので、この総辞退を人一倍強い関心を持って見守っていた。

総辞退がはじまって数日たったある日、ルブルム先生は日高副院長に呼び出された。外来の診察が終わると遅い昼食を急いですませ、なにごとかと副院長室に向かった。ドアをノックするとどうぞという声が聞こえ、中に入ると副院長はタバコを吸いながら机の上の書類を眺めていた。

「先生はこの保険医総辞退の騒動をどう見るかな」

そのままの姿勢で顔をルブルム先生のほうに向け、質問を投げかけた。

「武見会長もここまでやるとは思いませんでした。すごいですね。先日、副院長が診療報酬について説明してくれたので興味を持って成り行きを見ています」

「そうだな、私も同じだ。なにせ医師会はじまって以来のできごとだ」

「現在の医療保険制度が当病院にとって困るものならこの総辞退で何かよい変化があればいいいですね」

というと、副院長はタバコの灰を灰皿に落としながら、

「そうなればいいが。ただうちは公的病院だから保険医総辞退には協力できないし、また被爆者を守る立場からしても保険医を辞退するわけにはいかない」

「そんなものですか」

病院がいまの保険制度で成り立っていかないのならいっしょに戦うべきではないのか。

「したがって病院としての診療はこれまで通りだ」

副院長は念を押した。

「それは分かっています。私もちゃんと急増した患者に対応していますから心配にはおよびません」

それだけのことなら何もわざわざ副院長室まで呼ぶことはないだろうといぶかしがると、

「そのうえでということだから誤解しないで聞いてもらいたい。昨日、長崎市医師会の城山会長が訪ねて来て、祈念病院もぜひこの総辞退に協力してほしいと頼んでいった。城山義治君は私と医学部の同級生で、総辞退の最高責任者になっている。ただ祈

念病院は立場があるので城山君には、趣旨は同意できるが、うちは被爆者の診療を放棄することはできないと返事をした」

副院長はいったんここで言葉を切った。

「城山君は『君の立場も病院の立場も十分理解している。じつはきょうお願いにきたのはルブルム先生を借りたいと思ってきた』ということだった。この闘争には勤務医にも是非参加してもらいたいのだが、そんななか何でも君が県医師会報に投稿した文が話題になったらしい。私は『個人の話なら本人にすればいいじゃないか、またたとえ個人の資格であっても病院の医師としての立場は守ってもらう』と返事しておいた。城山君はそれで結構だということだった。君がどんな投書をしたのか私はまだ読んでないのだが、おそらく近いうちに城山君からじきじきに声がかかってくると思う。あとは自分の立場をよく考えて君自身で判断してほしい」

副院長は最後のひとことをいいたかったようだ。

ルブルム先生はことの成り行きに戸惑いながらも、

「それは城山先生が頼んできたら断れということですか？　いまの診療報酬は病院が先に総辞退運動を起こしてもおかしくないほど困っているのでしょう。たとえ医師会主体の闘争であっても病院も協力したらいいではないですか。そっぽ向いていてはいけないのではないでしょうか」

と気色《けしき》ばんで意見を述べた。

「先生のいうようにこの戦いは当病院にとっても大きな影響がある。私も先生以上に強い関心をもっている」

副院長はじっとルブルム先生を見つめたままだ。

「私は勉強のため参加してみたい気持ちです。開業医が中心ということでしょうが、いい機会ですから病院の実情やら医療保険の矛盾やらを世間に訴えてみたいです」

と本音を披露すると副院長は、

「あくまでも病院協会も瀧澤院長もこの総辞退には批判的な意見をお持ちだから、君は祈念病院の勤務医であることを忘れないで行動してくれ」

とクギを刺した。

部屋を出て廊下を歩きながら、わざわざ呼び出したのは城山会長に誘われても総辞退に参加しないように、とほのめかしたのだと察したが、逆にルブルム先生は、この大きな戦いの渦中に自分が参加できればと胸が高ぶってきた。

翌日にはさっそく長崎市医師会から丁重な連絡があり、翌々日の午後、城山会長を市医師会館に訪ねた。

長崎市医師会館に入るのは初めてだった。会館は市の中心部にあり交通の便はよいのだが、古い木造三階建てで、歩くと階段がギシギシと音をたてた。

三階の会長室は会議室とセットになっていた。壁に大きな油絵が二枚飾ってあったが、ルブルム先生には正面のブルーに表装された掛け軸が目についた。

ほどなく城山会長がやってきて握手を交わした。柔らかく大きな手で、体格は柔道でもするかのように大柄で、顎が張って頬も肉づきがよく、鼈甲《べっこう》の眼鏡の内側には穏やかな目が覗いている。ルブルム先生が掛け軸に目を向けているのを見ると、

「それは斎藤茂吉の直筆で、私が実家におうかがいして奥様にいただいてきたものです。素晴らしいでしょう」

と書の前まで歩み寄って話した。

慌てて自己紹介をすると、城山会長は朴訥《ぼくとつ》とした口調で、

「私の専門は外科で、開業して十五年になる。祈念病院の日高副院長とは大学の同級生で彼とはいまでも飲み友達だ。私はラグビーに明け暮れ勉強はからきし駄目だった

が、日高君はよく勉強し成績も抜群だった」

柔道でなくラグビーをやられたのだ。

「祈念病院ができたとき、日高君は被爆者の診療にみずから望んで赴任された。だまって大学で研究をつづけていれば間違いなく教授になれた人だっただけに、みんな驚かされた」

城山先生は煙草に火をつけながらソファーに座った。ルブルム先生も向かいあって腰をおろした。

「われわれは原爆が落ちたとき、医学部の三年生だった。医学部は落下地点からわずか〇・六キロメートルだから、学生も教官もほとんど即死で、私や日高君などほんのわずかな者が生き残った。彼の医療に対する原点はこの瞬間にあって、彼のその後の人生は原爆で亡くなったすべての被爆者、とくに同期の医学生に捧げているかのような気がする。そんな人だから君も大事にしてやってほしい」

と、会長は当時を偲んだ。

「さて、前置きはこれくらいにして本題に入ろうか。きょうきてもらったのは君にぜひ聞いてもらいたい頼みがあるからです」

「どんなことでしょうか」

「ごらんのように医師会はいま、保険医総辞退をやっている。われわれとすれば、止むにやまれぬとの思いだが、県民の皆さんはなんでこんな騒動が起こっているのか分からないだろう。どうしていままでのように保険証で診てもらえないのか、どうして毎回多額のお金を用意しなければいけないのか、なぜ自分たちが犠牲にならないといけないのかなどなど。国民を巻きこんでいる以上、われわれはそんな人たちにしっかり説明しなければならない責任がある」

　城山会長は身を乗り出してきた。

「私はみずから街頭に出て医師の集会をおこない、市民との対話を盛んにし、ビラを配り総辞退への市民の理解を高めたいと考えている。そこでまず市医師会主催の説明会開くことを計画した。ただできれば開業医ばかりでなく、ぜひ勤務の先生方にも参加してもらい、ともに戦いたいと希望している」

　城山先生はポケットからタバコを取り出した。城山先生もタバコが好きらしい。

「そんなことを理事会で協議しているなか、先生の県医師会報への投書が話題になった。私もさっそく君の投書を読ませてもらったが、診療報酬を市民に理解してもらうには分かりやすいよい内容だと感じ入った。それに祈念病院ならば市民にも評判がいいし、先生に弁士として参加してもらうなら大変ありがたい」

「そんな大役、私にはとても……」

話を聞いてルブルム先生が恐縮すると、城山会長は、

「私が君の説得役を任されたから、ぜひこの頼みは引き受けてほしい」

城山会長はそう頼んで頭を下げた。

投書というのは、ルブルム先生が祈念病院に勤務してまもなく、頭部に良性腫瘍のできた患者の摘出手術をおこない、その技術料があまりに安いのに驚き、怒りをこめて県医師会に原稿を送ったものだ。

「書くのは時間さえかければ書けますが、たくさんの人の前でしゃべるのは、とてもできません」

「誰でもはじめはそうですよ。そのときには原稿をそのまま読んでもらえばいいですから」

考えさせてほしいというのを、時間がないからと城山会長は強引に押しつけてしまった。

病院に戻り日高副院長に報告すると、

「やる以上は遠慮なく君の持論をぶちまけてくれ。ただ、あくまでもそれは君個人の行動だ」

と、激励するような牽制するような口ぶりだった。

「とても自信がないと断ったのですが、城山会長が強引なものですから、困っています」

と返事するとそれには応えず、

「彼は学生時代ラグビーで鳴らした男だ。いまは市医師会をしっかりリードしている。県のラグビー協会会長も務めたラガーマンだから人一倍ガッツがある」

「城山会長から、日高君にはしっかり協力しなさいと頼まれました」

「そうか、そんなありがいことをいってくれたか。城山君に感謝しなければ。君からいじめられないのはありがたい」

「私はいじめているのではなく、病院のために医師を増やしてくださいと頼んでいるのです」

むきになって反論するとそれが面白いのか、副院長はタバコの火をつけながら、分かっている、分かっていると笑った。

「会長室に茂吉の直筆の書が掲げてありました。立派な字でした」

「《あさ明けて船より鳴れる太笛のこだまは長し並よろふ山》だろう。万葉がなで書かれていていい字だったろう。長崎の港を詠んだ有名な歌だ。斎藤茂吉先生は官立長崎医学専門学校の精神科教授だった」

「城山会長が茂吉先生の自宅を訪問して、奥様から譲り受けて来られたそうです」

「あれにそんな文化的素養があったとは思わなかったが、実際はすごい読書家だと聞いた。そう見えなかっただろう」

「たしかにスポーツマンタイプでした。それにしても城山会長も副院長もタバコ好きですね。ずっーと気になっていたのですが」

「好きというよりも止められないというのか。おかげで家内や子どもたちからもずいぶん叱られている」

「そうですよ。家で吸うと家族にまで影響するそうですから」

「そうだな。ただなあ診察が終わったあと、一服するとホッとした気分になる。これがなんともいえない」

「気持ちは分かりますが、もう医師がタバコを吸う時代ではないでしょう」

「君は吸わないのか」

「生まれてから吸ったことがありません」

「そうか、それは偉い。見習わなくてはなあ」

日高副院長は冷やかし半分褒めた。

「先生は大学で被爆したそうですね。城山先生から聞きました」

「医学部の学生だったからなあ。近距離も近距離」

「城山先生もコンクリートの影で九死に一生を得たとおっしゃられました」

「同級生のほとんどがなくなった」

「私も被爆者です。三キロ地点で被爆しました。でも当時八歳ですから」

「そうか君も被爆者か、三キロでよく助かったな」

「先生ほどではないですが。そんなことで原爆には関心が強くあります」

「それは心強い。それならふたりで徹底的に原爆医療をやろう」

副院長は力強く手を握った。

ふと本棚の上に目をやると、バイオリンを持った可愛い女の子の写真が飾ってある。

「あれ、お嬢さんですか」

とルブルム先生が指さすと、副院長は少し微笑んで頷いた。中学生になってバイオリンを習い始めたとつけ加えた。

「私も楽器ではバイオリンが好きです」

クラシック音楽に無関心だった大学時代、同級生の家でチゴイネルワイゼンを、当時珍しかったステレオではじめて聞いたときの感動は忘れられない。

「あれはバイオリンの名曲だ。私も大好きだ。しかし弾くのは超難曲だそうだ」

副院長はバイオリンを引くしぐさを見せて、

「九歳の子どもが立派に演奏したのをテレビで見て驚かされたが、ジプシーの深い哀愁をあの年齢で本当に分かるのかな……」

とつぶやいた。

写真を眺めながら、いつかお嬢さんの弾くチゴイネルワイゼンを聞いてみたいと、急に副院長に親しみを覚えた。

(4)

十日後、長崎市医師会主催の保険医総辞退説明会が市民会館で開催された。

市医師会が市民を対象にしたこのような会を開くのははじめてということで、どれほど人が集まるのか城山会長はじめ役員は緊張した顔つきだったが、その不安を払しょくするように立ち見が出る盛況になった。主治医からの患者さん方への勧誘が効を奏したこともあろうが、保険医総辞退は市民にとって関心が高い問題だったのだろう。

登壇者は開業医ふたりと勤務医からルブルム先生の三人。会は二時間の予定。それぞれ三十分の持ち時間が割り当てられ、残り三十分はフロアーとの質疑応答に当てられた。

演壇には城山会長が左側にひとり、右側に弁士三人が座った。

会は定刻から五分遅れでスタートした。

はじめに城山会長が総辞退にまで発展した医療保険制度の問題を説明し、止むに止まれぬことだったけれども市民に迷惑をかけていることは大変申しわけないと、深々と頭を下げた。

次いで弁士の番になった。一番手は自宅で無床診療所を経営している内科医で、現場の医師らしく現在の医療保険制度で制限されている薬と検査を具体的に説明しながら、「もっといい治療ができるように保険制度を変えなければならない」と強調した。病名も薬剤名も身近で分かりやすかったのがよかったのか意外とフロアーから拍手があり、弁士の医師はホッとした顔で自席にもどった。

二番手に外科の先生が立った。十九床の入院ベッドを有しているので、一床当たりの保険点数をホテルの室料と比べてみせて、いかに入院の診療報酬が低いかをユーモアたっぷりに批判した。入院の点数が低いのをはじめて知って会場の聴衆から驚きの声が上がった。

ふたりの弁士のスピーチが好評のうちに終わり、自分の番がきて名前を呼ばれると、ルブルム先生は震える足で演壇に立った。

ドキドキしながらまず自己紹介をすると、知っているぞ！　とヤジが飛んで笑い声が起こった。その笑いで張りつめた気持ちがいくらか和らいだ。

話す内容は県医師会報に書いて熟知している。話し出すと口調も次第に滑らかになっていった――。

《病院の同僚から誘いがかかった。いまから車を洗いに行きますが先生もごいっしょしませんか。二十分座って待っているだけで機械がピカピカに磨いてくれます。四百五十円でワックスまでかけてくれます、と。

あいにくそのときは手術の予定が入っていたので、残念ながらと断った。手術は後頭部に出来た鶏卵大の皮膚腫瘍で、アテロームという良性腫瘍と診断したが、切開して間違いないことが確認できた。場所が場所だけに出血しやすいこともあり、手術は看護師と二人で一時間三十分かかった。無事に終わってホッとしたところで手術点数を聞かされて驚いた。五十四点だそうである。すなわち五百四十円が手術の対価である。

私はあまりにも安い点数なので驚いて、この手術にかかったと考えられる経費を事務に出してもらった。

看護師一人(一時間五十分)　　千七十六円

塩プロ（五十cc）　百四十円
アルコール（五十cc）　三十五円
糸（三号五本、五号三本）　八十円

このほか、手術室の空調費、手術器具の消毒、手術ベッド等減価償却すべきものがある。

これだけでも五百四十円は大幅に超えている。逆説的にいえば、私はこの手術によって病院に大きな損害を与えた結果になる。私の技術料はマイナスな上に、医療事故の心配も背負っている。詰まるところ病院にとっては、手術してもらわないほうがいいことになる。ただ医師と患者は経済のみで成り立っているのではなく、病人がいれば最善の治療をするのが医師の使命である。

しかしこの医師の使命感を悪用して、これまで医療保険の点数を低く抑えてきたのが厚生省である。

いかにいまの診療報酬が低いか、一例として私の経験から皆さんに説明させてもらった。おそらく多くの人は車の洗車よりは相当高い手術料が当然病院に入ると思っておられるに違いない。しかし現状はそんな低い医療保険なので、私たち全国の病院はほとんどが赤字経営で、もちろん祈念病院の決算も毎年大赤字です。

私たち病院勤務の医師たちもこの機会に医師の技術料が正しく評価され、病院経営が赤字を抱え苦しまないよう、この運動に参加させてもらいました》

ルブルム先生は最後に勤務医である自分がこの大会に参加した理由をつけ加え、弁士としての仕事を終えた。

吹き出した顔の汗をハンカチで拭うと会場から大きな拍手が起こった。それを聞いてはじめて大役を果たしたという充実感があふれた。

会場からの質疑も活発で、ルブルム先生にもいくつか質問があった。応答で、祈念病院の運営状況なども織り込みながら経営の厳しさをそれとなくPRさせてもらった。

ルブルム先生は何かをやりはじめるととまらない性格だから、この講演会のあとも保険医総辞退のいろんな活動に積極的に参加しつづけた。ビラ配り、署名活動、街頭演説など。街なかで顔見知りの患者さんに手を振ってもらったり、握手を求められたりして、病院の診察室では味わえない体験をした。

城山会長には大変喜んでもらったが、祈念病院の瀧澤院長は苦虫を噛みつぶした面持ちで、「何とかならんのか」と日高副院長を叱ったという話も伝わった。

さらに予期せぬできごとにつながった。講演会で祈念病院の経営に触れたことが市民の関心をよび、もっと詳しく祈念病院のことを知りたいという投書が地元の新聞社に数通届き、新聞社がその返答をルブルム先生に依頼してきたのだ。

千代田医局長と相談すると、祈念病院の窮状を市民に知ってもらうのはよいことだからぜひ書くようにと勧められ、「読者の声」の欄に祈念病院の現状を寄稿した。

《私の勤めている祈念病院は被爆者の医療のため建てられた世界でも貴重な病院です。ところが経営は独立採算で火の車です。独立採算制度というのは病院自体で収支をまかないなさいということです。祈念病院は現在収支のバランスは取れておらず赤字経営ですが、赤字解消のためこれ以上経費を節約するには、病院を縮小するか設備投資、人件費の大幅な抑制が必要です。しかしその結果は被爆者医療の研究、治療を置き去りにすることにつながり、医療の質の低下を免れません。

たとえば最近被爆者にがん患者が増加してきたので、早期治療、早期発見のため、昨年来三億五千万円で、地下一階、地上三階のがんセンターを計画しました。役所との折衝で最終的に地下一階、地上一階の一億六千万円で着工することに決まり、規模を半分以下に縮小せざるを得ませんでした。国、県、市に合計一億円の補助金を出してもらえることになり大変有難いことですが、残りの六千万円は病院の負担になります。現在でも二億円からの負債があるのに、この設備のためそれが六千万円増加することになります。しかもこのセンターの最新の医療器具は使えば使うほど赤字になるような低い保険点数が付けられているのです。おそらく民間の企業経営者ならこんな馬鹿な投資はしないでしょうが、我々は現実に増加する被爆者のがん患者に何らかの手を打たねばならない宿命を背負っています。

赤字や借入金は、従業員みんなで利益を上げ返済しなければなりません。皆さんには健気《けなげ》に聞こえるでしょうがまったく目途《めど》はありません。助成金がなくても安心して病院経営ができるようになるには、診療報酬の点数をあげてもらうことがぜひとも必要です。

祈念病院のがんセンターを一例として、病院経営がいかに切実なものか取り上げさせてもらいました―》

そもそもこのがんセンターは、増えてきた被爆者のガンに対応するため、赤字増大につながっても祈念病院にはどうしても必要だと、副院長が国県市を説得して造られたものだ。

この「声」が新聞に掲載されると県民から、これまでそんなことは知らなかった、ぜひがんばってくださいと同情の反響があり、被爆者団体の、祈念病院は赤十字でなく国が経営すべきだという談話も掲載された。

ルブルム先生はわが意を得たりだった。

しかし日本病院協会、長崎県保健部、日本赤十字社などからは、ルブルム先生の言動に対してけん制する声が病院にとどいたと、後に千代田先生から聞いた。

開業医のほとんどが保険医を辞退した日本医師会の固い結束力に、驚いた政府、厚生省は傍観戦術を返上し反撃に出た。なりふり構わずマスコミを利用し、武見会長の〝個人攻撃〞と患者の戸惑う姿を繰り返しテレビに流し、「反武見」、「反医師会」の気運を感情的に盛りあげようと試みた。

武見会長と犬猿の仲で知られた日本病院協会の高橋義雄会長もテレビに出演、医師の立場から「総辞退は医の倫理に反する」と批判を展開した。

にもかかわらず国民の批判は、大半が政府と与党の無策ぶりに向けられ、厚生省の当初の思惑は大きく外れ総辞退はそのまま一ヵ月近く継続された。

さすがにここまでくると状況は深刻化し、政府も次第に追いつめられ、ときの佐藤栄作総理みずからが陣頭に立って、事態収拾に乗り出さざるを得なくなった。

佐藤総理はまず内田常雄厚生大臣を罷免し、武見日医会長と個人的に親しい斎藤昇氏を後任に据えた。そのうえで斎藤厚生大臣と武見日医会長とのトップ会談をセット、その会談を国民に向けてテレビで生放映するという、当時としては画期的な手法が試みられた。そこにはこの難局をなんとか打開しようとする、佐藤総理の並々ならぬ決意が見られた。

最初の会談は七月十三日厚生大臣室で報道関係者に公開して開催され、第二回目は神田駿河台の日本医師会館で、そして第三回目はフジテレビ局で竹下登官房長官と中山伊知郎一橋大学名誉教授が同席して討論をおこなった。

第四回は再び厚生大臣室で斎藤・武見のトップ会談、これらの会談を踏まえようやく収束に向かう方向で一致した。その結果翌七月二十八日、首相官邸で佐藤総理も立ち合ったトップ会談で十二項目が合意され、武見会長は総辞退を七月いっぱいで打ち切ることに同意した。

この一連の会談は、早く事態を収拾したい政府、与党側と、意気盛んな医師会との

対決であり、また医療の専門家と素人の会談でもある。武見会長の勝利に終わること
は初めから分かっていたような収拾ではあった。

(5)

総辞退が解決し、正常の診療にもどった祈念病院の皮膚科外来に久しぶり菊池記者
が姿を見せた。いきなり、

「先生、いまや超有名人ですよ。よくあそこまでやりましたね」

と冷やかすと若杉看護師も、

「マイクで大声をあげたりしてまるで人が変わったみたい」

と相槌を打った。

「それにあの緊張した表情がよかった」

菊池記者がさらに冷やかすと、

「でもかっこよくて素敵でした」

若杉君が頬を紅らめてほめ言葉を献上し、ふたりして声をだして笑った。

「副院長も医局長も先生の行動のおかげで院長からこっぴどくしぼられたのだってさ」

と菊池記者が若杉君に向かって話すと、ルブルム先生は、

「副院長と城山長崎市医師会長は医学部の同級生なのだ。そんな関係で副院長のもとに城山会長が総辞退に私を借りたいと頼みにこられたらしい。でも副院長は、祈念病院は被爆者のためにあるのだから病院の使命として協力できないときっぱりと断られた。その後私も副院長に呼ばれて祈念病院の勤務医という立場をわきまえて行動するよう怖い目で念を押された。にもかかわらず私がのめり込んでしまったのだから、副院長が院長から叱責されたのならそれは私の責任だ」

と説明すると、

「先生はおとなしそうでとても頑固ですものね。やり出したら止らないのでしょう」

若杉看護師は仕方がないですよねという顔をした。

総辞退の話がしばらく弾んだが、菊池記者が改まった調子で話題を変えた。

「この騒動で先生はすっかりお忘れになったかも知れませんが、私に出されていた宿題、被爆地域指定について、きょうはその報告にきました」

そういいながら持参した長崎県の地図を机のうえに広げた。その地図は長崎県下を赤、青、茶に色分けしてあり、また原爆落下地点からコンパスで同心円が引かれている。

「赤い部分が最初の被爆指定地域、青の部分が町村合併で追加された地域、茶色が手直しされた被爆地域です。この地図で分かるように縦十二キロ、横五キロの楕円形が被爆指定地域で、昭和三十二年当時の長崎市の行政範囲が基本になっています。あとになって県、市もその被爆地域の範囲が合理的でないのに気づいて、国に被爆地域を半径十二キロの同心円にと是正を訴えていますが、きょうまでほとんど変わりません。そのほか陳情書、要望書などをコピーしてきましたからあとで読んでください」

菊池記者は分厚い書類を机のうえに置いた。

「五百メートル上空で原爆は炸裂したのだから、円形にというのは理解しやすいな。にもかかわらず、いまでもそのままというのはどういうわけ？」

とルブルム先生がただすと、

「この青の部分は町村合併でその後追加されましたが、半径十二キロの同円形でという陳情はまったく取りあげられていません」

「でも縦十二キロ、横五キロという現在の被爆地指定は、この地図で見れば政治家でも官僚でも不自然さが一目瞭然だろう」

「我々はそうだと思えますが、政治や行政の世界はそう簡単にはいかないのでしょう」

「しかし理屈に合ってないのだから、そのまま従えと押しつけるのは民主主義ではないだろう」

「行政はいったん決定されるとなかなか動かせません」

「よく分からないなあ。矛盾しているものを直すだけだから何もむずかしいことではないだろう」

「被爆問題は腫れものみたいなもので、国はできるだけそっとしておきたいのだと思いますよ」

「そうはいっても明らかに現実と矛盾しているのだから」

「国の表向きの理由は、被爆地域の是正・拡大は原爆基本懇に従うという見解です」

「基本懇……?」

「正確には原子爆弾被爆者対策基本問題懇談会というのですが、厚生省の諮問機関で原爆にたいする国の在り方を審議するように設置されたものです。茅誠司元東大学長を座長に七名の有識者のメンバーで構成されています」

「そうそうたるメンバーだな」

「その懇談会が厚生省に答申を出しているのです。そのなかに今後の被爆地域の是正は科学的・合理的根拠が必要と書かれていて、それを厚生省が盾にして動かないのです」

「それなら科学的・合理的根拠を示せばいいじゃなか。材料はいくらでもあるだろう」

「それがそう簡単ではありません。たしかにいろいろ材料はあります。たとえば黒い雨が降った被爆未指定地から高い残留放射能が検出されたとか、原爆投下当日、風が東のほうに吹いていたという長崎海洋気象台の記録とか、原爆と同時に落とされたラジオゾンデの落下傘が東のほうに流れて飯盛付近に落ちたとか。長崎県、長崎市もそれらの資料を提出しているのですが、国では取りあげてくれません。もし原爆投下時、風が西から東に吹いていたということを認めれば、南北に半径十二キロ、東西に五キロといういまの被爆地域の範囲は、明らかに矛盾しています」

「いずれも立派な科学的・合理的根拠に思えるが……」

「先生にそう見えても、厚生省が俎上に乗せてくれないと論議がはじまりません」

「厚生省はどう考えているの」

「いずれの事例も人体に影響するほどのものではない、ということで門前払いです」

「それはおかしい。そもそもその基本懇とやらには被爆地の人はいるのかね」

「東京在住の人たちばかりです」

「それじゃ原爆のことは理解できないのでは」

「もちろん現地に赴いて詳しい聞き取りはしていますよ。いずれにせよ基本懇でそう決まってしまっているので、あとは厚生省が動いてくれないと被爆地域の是正はできないのです」

「しかし菅さんのような真の被爆者を救済してないのはおかしいよ」

「現場の感覚はそうでしょうが……。先生は保険医総辞退で厚生省の姿勢を経験したではないですか。あれといっしょですよ。結局、総理大臣が出てこないと動かなかったでしょう」

「いずれにせよ、早く解決してもらわないと」

「先生、この問題本気で取り組んでみますか。保険医総辞退並みの戦いになりますよ」

菊池記者は煽るように言葉を吐き、ルブルム先生の顔を見た。

「ところで院長の件、なにかありませんか」

菊池記者は被爆地域の話が一段落したとみて話題を変えた。そちらのほうがいまの関心事らしい。

「まだなにも聞いてないけど」

千代田先生から情報をもらってないのでそう答えると若杉看護師が、

「そんな噂はあるって組合の委員長がいっていました」

と口をはさんだ。

菊池記者はそれを聞くと顔をさっと若杉君のほうに回し、

「その委員長、なんと?」

と急き込んで尋ねた。

「勇退は間違いなさそう。でも後任がどうなるかと心配していました」

「そう。ほかになにか……」

「委員長は副院長に期待しているような口ぶりでしたわ」

「ありがとう、若杉さん。君は先生より頼りがいがある。またいい情報があったらぜひ教えてね」

菊池記者は若杉看護師の手をしっかり握り、喜んで部屋を出て行った。

ふたりの問答を聞いているうちに、ルブルム先生は自分も菊池記者のために当たってみようと、その足で副院長室に向かった。

幸い副院長は在室していた。例によってタバコを吹かしていたが、まず保険医総辞退で迷惑をかけたことをお詫びると、

「すんだことはいい。これからは人のいうこともよく聞くことだ」

と厳しい顔で諭された。ルブルム先生が深々と頭を下げると、

「君の活躍は城山君から逐一報告を受けていた。まあ大変だったろう」

とねぎらってくれた。

もっと叱責されると覚悟していただけに注意はたったひとことだけで、ねぎらいの言葉をかけられ恐縮してしまった。

「会長は総辞退のリーダーとして必死でした。私もいい勉強をさせてもらいました」

と戸惑いながら感想を述べると、

「彼はラガーマンだからなあ、頑張り屋なのだ」

と副院長はうなずいた。

「ただ総辞退とは別ですが、ひとつ気になることがありました」

「なんだ、それは」

「城山会長も先生と同様ヘビースモーカーでした」

とタバコを槍玉にあげた。

「そうか、それは俺には分かる。おそらく城山君も私と同じ思いで吸っているのだろう。君たちには理解できないかもしれないが終戦直後、我々学生にとって唯一の楽しみはタバコを吸うことだった」

副院長は青春時代を懐かしむようにいった。

「あのころ、タバコの刻みを闇市で買い、コンサイス辞典を破ってそれで巻いて、車座になって回しのみしながら人生を真剣に語り合ったものだ。だからタバコには我々の青春の思い出がいっぱい詰まっている」

「青春の思い出ですか」

「そういえばあのころ、タバコを巻く道具まで売っていたなあ」

副院長はひとり昔を偲ぶように視線を遠くにやった。

「だから私も城山君もこれがやめられないのだ」

そういって嬉しそうにポケットからタバコを取りだした。

何の値打ちがなくても本人にとっては掛替えのないものはいくらでもある。副院長や城山会長にとっては、タバコは青春の貴重な思い出なのだ。よし分かった、これから副院長のタバコは大目に見ることにしよう。

そう心に決めながら、本棚のお嬢さんの写真に目を移すと、〝あれ、写真が変わっている〟。バイオリンを肩に当て、きれいなステージ衣装で演奏している。

「写真替わりましたね」

写真を指さすと副院長は、

「先月、音楽教室の発表会で演奏したときの写真。独奏したのははじめてなのだ」

「それはおめでとうございました。いよいよこれからが楽しみですね。何を弾かれたのですか」

「エルガーの『愛の挨拶』」

「あれもすてきな曲ですね。私も好きです」

「でもチゴイネルワイゼンは一生かかっても無理だろうな」

ルブルム先生がこの部屋ではじめて娘さんの写真を見たとき、医学部の同級生宅でチゴイネルワイゼンを聴いて感動した思い出を話した。副院長はそのことを覚えてくれていたのだ。

「それは分かりませんよ。そのときはぜひ私も案内してください。楽しみにしていきます」

と言葉をつけ加えた。

そうだ菊池記者のためにもうひとつ仕事がある。

「院長が辞められるという話を聞いたのですが、本当でしょうか」

とルブルム先生が単刀直入に尋ねると、これまで柔和だった副院長の顔が一転厳しくなった。

「来年が病院の創立十周年ということでそんな噂が流れていると聞いたが、いいかルブルム君、人事はどんな人事でも正式な発表があるまで口にしないことだ」

ときつく諭された。ルブルム先生はその剣幕に這々《ほうほう》の体《てい》で退室することになった。

（6）

きょうは久しぶりに患者が少なく、外来の診療が早めに終わったので、昼食は病院近くの食堂に出かけようとしていると、千代田医局長から電話がきた。医局でいま碁を打っているから見に来ませんかという誘いである。

昼食を抜きにして飛んでいくと、千代田先生が何人かの先生に囲まれて幼稚園児と思われる男の子と対局している。ルブルム先生が側に行くと、

「この子喘息なのですが、アトピーもあるので後ほど診察してください」

とその子を紹介した。

「これ何子局ですか」

と碁盤を見ながら尋ねると、

「三子置かせてみたが、どうも手合い違いのようだ。驚いたな、こんな小さな子にや

られるとは。二つでもどうだか」

千代田先生は町の碁会所では六段で打っているのだから、子どもは優に三段はあるということになる。

よし、私が敵《かたき》を討ってあげましょうと千代田先生に代わると、三つで打ってごらんと、千代田先生がその子に指示した。子どもはいわれた通り、小さな手で碁笥《ごけ》から黒石を三個取り出して碁盤に置いた。

こんな小さな子にどれくらい碁が分かるのかと、興味を抱きながら対戦をはじめた。男の子はルブルム先生が石を置くと間髪入れず黒石を置き、考え込むと退屈そうに辺りを見回している。全然考えないで打っているように見えるのに、碁は次第に子どものほうが優勢になってきた。それを見て千代田先生は盤側で嬉しそうな顔をしている。ルブルム先生が最後に大石を取られて投了すると、取り巻いていた先生たちからどよめきが起こった。

ルブルム先生は口惜しいというより不思議な気持ちがした。最後の勝負になった大石の攻め合いは決して易しいものでなく、六段の大人でも悩ましい攻め合いだった。ましてや足し算、引き算ができない幼い子がどうしてこの複雑な攻め合いを一手勝ちと読めたのか。

「院長の退職について何か情報がありましたか」

子どもを帰してふたりきりになると、さっそく千代田先生に尋ねた。

「どうも大学では極秘に後任選びをしているらしい」

千代田先生は声を落とした。

「やっぱりそうでしたか。わたしも先日総辞退の報告に行って副院長に尋ねたのですが、滅多なことはいわないほうがいいと厳しい顔で叱られました」

「当たり前だ。そんなことを当事者に聞く奴があるか」

と千代田先生は呆れたように声を上げた。

院長人事が動き始めているのはやはり確かのようだ。そうだと間違いなく副院長が後任の第一候補だ。なんと馬鹿な質問をしたのだろう。

保険医総辞退の余韻も収まって十二月に入り、暮れも押し迫ったころ、全国の病院、診療所が注目している中央医療審議会が慌しく開催され、二年に一度の診療報酬改正の動きがはじまった。

例年のように診療側は大幅なアップを、支払い側は上げ幅を極力抑えるべく対立、相変わらず何回か会合を重ねたが、今回は夏の保険医総辞退の収拾で、すでに十二項目合意がなされていたので、年内に決着を見ることができた。

それによると、平均一三・七％の引き上げ、病院一六・八％、診療所一一・九％と病院側に厚く配分されることに決定した。

病院協会は総辞退には参加せずただ傍観、批判を繰り返していただけ。なのにこの結果である。まるで濡れ手に粟だ。

副院長が予想していたように厚生省の病院経営調査書が大きくものをいったのに違いない。厚生省の思惑通り国公立病院は愁眉《しゅうび》を開き、民間病院にとっても同様で祈念病院も大いに助かった改正になった。

しかし総辞退は診療所を主体とした組織が総力を挙げて戦ったのだから、武見日本医師会長にとっては心外の改定だったのではなかろうか。

まさにこの診療報酬の改正で医療界の激動の一年が終わった。

ルブルム先生にとっても思いがけない体験の連続で、貴重な一年となった。

（7）

年が改まり正月四日の仕事はじめは温暖な長崎には珍しく大雪が降った。あちこちの坂道が凍結し、慣れないせいもあって車がスリップで立ち往生し、激しく渋滞を起こした。

ルブルム先生の家も山のなかなので車を出せず、スノータイヤを装着した近所の人の車に同乗させてもらい出勤する羽目になった。

病院は四日から診療がはじまる。

仕事はじめ式で瀧澤院長が、「創立からこの十年を区切りとして今期いっぱいで退任する」と正式に表明した。

話はすでに漏れ伝わっていたので動揺は少なかったが、後継人事に触れなかったので、職員の関心はそちらに向いた。

ルブルム先生もさっそく千代田医局長を捕まえて、

「やっぱり交代することが決まりましたね。あとはどうですか、副院長で決まりそうですか」

と尋ねると、

「そうなればいいのだが、簡単にはいかないと思うよ」

と観測をこめて返答し、

「院長と副院長で医師の増員が検討されているようだ」

と、最新の情報を教えてくれた。

「今回の診療報酬改正に準じて事務方で来季の収支を試算したところ、病院経営は大きく改善されるという数字が出た。それを受けて副院長はこの際病院をより充実をさせるため、懸案の医師増員をと院長に提案されたそうだ。もっとも院長は改善されることは認めるが赤字を脱却したわけではない、と増員にはあくまで慎重らしい」

「実現してほしいですね」

「折衷案として、とりあえず医師ひとりの科に非常勤医師を一名増やすということが検討されている」

「それでも一歩前進ですよね」

「そうなれば、君が病院に背を向けて保険医総辞退で頑張ったことが役に立ったわけになる」

と千代田先生は冷やかした。

ルブルム先生は頭をかきながら、

「副院長には厳しく止められたのに、ついつい突っ走ってしまって」

と反省の弁を述べると、

「でも副院長は内心、先生の活動を応援されていたのではないかな」

と首をかしげた。

「そうでしょうか。この前お詫びに行ったら、これからは注意するように説教されました」

「それは建て前。私には総辞退中、ルブルム君頑張っているねと話された」

そういわれてみると、叱責がひとことですんだ説明もつく。

「でも今度の診療報酬があそこまで病院側に厚くなるとは思わなかったなあ」

千代田先生にも相当意外な改正だったようだ。

「あれでは日本医師会は不満でしょうね。鳶に油揚げをさらわれたようなものですから」

なぜかルブルム先生は武見日医会長、そして城山長崎市医師会長に同情したい気持ちだった。

正月四日は例年、午後から大学病院に年賀の挨拶に出かける。外来の診療が終えて大学の皮膚科学教室を訪ねた。雪もやみ凍結も緩んでスムーズにタクシーが大学病院まで運んでくれた。

七階の喜多庸司皮膚科教授を訪問したのは久しぶりだった。年はじめの挨拶をすませると教授は、

「そうそう、泌尿器科の安藤教授が先生に会いたいといっておられたが、連絡してみようか」

と尋ねた。

ルブルム先生が大学皮膚科教室に入局した前年、長崎大学の皮膚泌尿器科が皮膚科と泌尿器科に分かれた。その初代泌尿器科教授として京都大学から赴任したのが安藤

一成教授だ。教室はふたつに分かれたが、医局はこの後も何年か共同利用していたので泌尿器科の先生とは馴染みだった。

「安藤先生にもご挨拶にあがろうと思っていました」

と返事をすると、喜多教授は電話で安藤教授に連絡を取ってくれた。

泌尿器科は八階なので喜多教授の部屋の真上に安藤教授の部屋がある。階段をあがって部屋のドアをノックすると、

「新年おめでとう。久しぶりだな、まあ入れ入れ」

と機嫌よく迎えてくれた。

酒好きなせいか赤ら顔で体格がよく、豪放磊落《ごうほうらいらく》というイメージがぴったりの教授だ。部屋に入ると、正面に鏡餅《かがみもち》が飾られて正月らしい雰囲気が演出されている。教授はさっそく朱塗りの長い箸で、蜜柑、昆布、するめと一個ずつ挟んで両手に載せてくれ、次いで三段重ねの朱盃に屠蘇を注いでくれた。

懐かしい正月儀式に出くわして、思わず安藤教授の顔を見つめると、

「家内は京育ちなので正月のしきたりにうるさいんだ」

と弁解した。

そういえば教授夫人は京芸妓あがりで、親の反対を押し切って結婚されたと聞いたことがある。教授も京都時代は祇園あたりでずいぶん遊んだのだろうな、と思いを馳せていると、

「ルブルム先生、ちょっと相談がある」

と改まった声で話しかけた。

「なんでしょうか」

と返事をすると、

「瀧澤院長は今期で辞められるそうだな」

「ええ、年頭の挨拶で発表されました」

「後任はどうなる」

「院長は後任には触れられませんでした」

「そうか。じつはその件だが、産婦人科の三宅憲太郎教授が今年度で定年になる。後任にどうだろう」

安藤教授が三宅教授という名前を突然出して、どうだろうと聞かれ、ルブルム先生はびっくりした。

「いやー、そんな話ははじめて聞きました」

と、どぎまぎしながら返事をすると、

「どうだろうか」

安藤教授は重ねて言った。

「どうだろうかと尋ねられましても私には……」

思わず返事をためらっていると、

「祈念病院のことだからまず君に相談してみようと思っていた」

と親しみをこめられるので、

「そう言われましても……。じつは私個人は教授の天下りに反対なのです」

と正直に自分の意見を述べた。

「そこをなんとか頼む」

安藤教授は押しの一手である。

「病院では内部昇格でという空気が強いようです」

とやんわり反対の意思表示をしたが動じない。

「会ってみれば分かるが、三宅教授はたいへんお元気で、被爆者医療にも強い関心を持っておられる。祈念病院でこの問題が話題になったとき、君には三宅の線で進めてもらうとありがたい」

安藤教授は当然ルブルム先生が自分の味方だと信じて畳みかけてくる。自分にそんな期待を持たれては困ると慌てて、

「今回は病院内にも優秀な人材がおりますし、内部からの昇格が全職員の励みにもなります」

「それは分かる。そこをなんとか」

安藤教授は動じない。

「私の一存でどうこうという事柄でもありませんから、病院に持ち帰って相談してみますが、三宅教授の名前を出してもよろしいのですか」

と尋ねた。

「出してもいいよ。祈念病院には君しか相談できる人がいないのだ。なんとか頼む」

安藤教授はそういって椅子から立ちあがり、ルブルム先生の手を力強く握った。

急いで祈念病院にもどり千代田医局長に早速その報告をした。医局長も三宅教授の名前ははじめてだったらしく、急きょ主だった医師五、六人に連絡を取り、医局の会

議室に集まった。

ルブルム先生も同席して安藤教授からの話をみんなに披露した。すると冒頭に、

「先生はなんと返事したのですか」

と質問され、みんなの視線が集まった。

「皮膚科と泌尿器科の関係なので安藤教授とは個人的には親しくさせてもらっていますが、私が大学のお先棒を担ぐことはありません。三宅教授を押してくれという話はちゃんと断りました」

と答えた。

「三宅教授は安藤教授にとっては京大の先輩だからなあ」

と誰かがつぶやいた。

千代田医局長は、

「なるほど、そんなつながりなのですか。でも三宅教授の名前をはっきり出されたのをみると、おそらく教授会全体の意向じゃないですか。となると安藤教授がルブルム先生を使ったように、それぞれの先生がたにも教室から要請があるかもしれませんね」

千代田医局長は気を引き締めるように周りの先生を見回した。集まった先生たちの

顔にも緊張が走った。

内部からの昇格、口には出さなくても日高副院長の院長就任をみんな期待しているのだ。

正式ではないが、三宅教授という名前が出て大学が動きはじめたのは重大事だと認識は一致し、翌日、急きょ、臨時医局会が開催された。

医局会に三宅教授の名前が出ると少しざわめいたが、突然のこととあってか意外とみんなの口が重い。

そのなかでも数人の先生は、つぎの院長は外部からでなく内部からの擁立で結束しよう、と強く訴えた。

ほとんどの先生も内心それには異論はないはずなのだが、自分が所属する大学教室の意向も気にかかるし、誰が院長になってもかまわないとノンポリを決めこむ先生もいる。

それでも最終的には千代田医局長のリードもあって、医局総意として「次期院長は院内から」という線でまとまった。

院長人事は形のうえでは日本赤十字社の任命になるが、実際は地元に一任ということになり、大学の意向は圧倒的な重みを持ってくるはずだ。

祈念病院の医局が内部昇格を決めたことは、おそらくすぐに広がる。大学に反した決定をしたことがどうでるのか誰もが固唾を呑んで見守ったが、意外にも大学からとくに表立った反応はなく、静かに時間が過ぎていった。


正月は大雪だったがその後は温暖な日がつづき、梅も平年並みに花を開いた。この分では桜の開花もことしは早いのではないか、とテレビで流れていた。

再びルブルム先生が安藤教授から呼び出されたのは、梅の花びらが散りはじめた二月の末だった。今度は千代田医局長もいっしょにとのことだった。

もう院長交代まで時間がないことは分かっていたから、いよいよ正式に三宅教授の申し入れかと構えて大学を訪れた。

安藤教授は千代田医局長ともともと面識があったようだ。にこやかに挨拶を交わされ、われわれにソファーを勧めてくれた。

「お呼びしたのはもちろん祈念病院院長の件ですが、後任に産婦人科の三宅憲太郎教授をお願いしたいと思います。これは教授会の意思と取ってもらっても結構です」

安藤教授は一気にそう申し入れて医局長のほうを向いた。予想していたとはいえ千代田医局長はやや緊張したおもむきで、

「以前ルブルム先生から聞いていましたからそのことは承知しているつもりです。ただ病院の医局では、今回は内部から登用したいという気持ちで固まっています」

と、きっぱりと返答した。

「そうらしいね」

安藤教授はゆっくりした口調で頷いた。すでに祈念病院の情報は持っておられるのだ。

「ならどうすればいいか、その意見を聞きたいのできょう来てもらいました」

安藤教授はおもねる口ぶりだが、言葉には頑《かたく》なさがこもっていた。医局長は、

「もし大学が強引に決められれば、どんな事態が起こるか分かりません」

と再び強くけん制した。そのうえで、

「祈念病院としては大学の意向はできるだけ尊重したいと思います。ただ、今回だけはぜひ祈念病院側の気持ちを汲んでいただきたいのです。それほどわれわれがこだわるのは、院内に最適任者がいるからです」

医局長は一歩も引かず正々堂々と祈念病院側の主張を述べた。

「君たちが適任と考えているのは日高副院長のことだろう。私も日高君はよく知っているし、原爆一筋に自分の信念を貫いているのも医師として高く評価している。立派なものだ。ただ大学側からすれば、今回の人事は瀧澤教授の後任だからそれを教授会が引きつぐ、というのも自然だと思うが」

安藤教授は理解を求めるように千代田医局長を正面から見つめた。

「安藤教授のおっしゃられていることはよく分かりますが、今回それをわれわれが認めれば、うちの院長は定年教授のポストとして定着し、祈念病院内から院長は生まれないことになりかねません」

医局長は頑として引かない。

話し合いは長々とつづいたがどちらも妥協することなく、最後に一週間後に再び話し会うということで終わった。

(8)

「君たちのいっていることは心情としては分かる。しかしこれではいつまで議論しても平行線だ。時間的にはすでにタイムリミットを過ぎている」

千代田医局長とルブルム先生は安藤教授の机の前に立っている。安藤教授は厳しい口調でそういい放った。

一週間経っての安藤教授の部屋だ。

前回の会合のあと、病院で直ちに医局会が開かれ、安藤教授との話し合いの内容が伝えられたが、それぞれの医師が所属する教室から大学の意向が伝えられているらしく、重い空気が支配していた。

瀧澤院長は後任に関する発言はまったくしないで、最後まで中立を装っておられる。副院長も表面上は平常通り診療に専念していた。

　そんな状況下でルブルム先生は、安藤教授には悪いと思いながらも、あくまで内部昇格にこだわる言動をつづけた。院長席が定年教授のポスト化するのは反対だし、院内には日高副院長という適任の人材がいるではないか。よくも悪しくも、いったんこうと決めたら、愚直に押し通すのがルブルム流だった。

「医局総会にも諮ってみましたが、内部から昇格をという意向は変わりません」

　千代田医局長はきっぱりと発言した。その姿勢は祈念病院の医局長としての責任がうかがえる。

「私も、ただ私の考えを押しつけようとは思っていないが、君たちのほうも一方的に主張しっぱなしではなんら話が進まない。胸襟を開いて解決策を考えてみようではないか」

　安藤教授は腕組みをしながら部屋を歩きまわっている。

「それはそうですが解決策をといわれても……」

と医局長も弱りはて、黙り込んでしまった。いまさら考えても妙案が出てくるわけでもない。

　安藤教授はしばらく考えて込んでいたが、なにか決断したように歩くのをやめた。

どっしりとソファーに座り、千代田先生とルブルム先生にも座るように勧めた。

ふたりが座ると安藤教授はおもむろに口を開いた。

「もう時間がない。私はきょうじゅうに結論を出したい。そのためにはどうすればいいのか。解決策があるのかないのか。この問題で対立するのはお互いにマイナスだということも分かっている。だから私もない知恵を絞って考えに考えてきた」

安藤教授の顔が真剣になった。

「どちらの立場にも立ってみた。どちらのいい分も尤もだ。しかし道はひとつしかない。ならばどうする。そのうえで私が出した結論だが、三宅教授は今年定年だから六十五歳なる。そこでだ。瀧澤院長と同様七十五歳までの十年間院長として祈念病院で働かせてもらう。しかしつぎの院長人事には大学は一切タッチしない。この案でどうだろう。もちろん了解してもらえば教授たちをこれから個別に説得しなければならないし、三宅教授の了承もいるが。この案は君たちにも随分配慮したつもりだ」

安藤教授はこう発言してじっとふたりを見た。

まさかこんな具体案をこの場で出してくるとは思ってもいなかった。どう返事すればいいのか、ふたりで思わず顔を見合わせた。

千代田医局長が返答した。

「いまの先生のご提案はわれわれ祈念病院の者にとって充分検討に値すると思います。が、正直なところ先生からそんな具体的な案が出されるとは思っていませんでしたので、いまはびっくりして判断がつかない状態です。きょうじゅうにと先生はおっしゃられましたが、病院に持ち帰らせてもらえませんか。できるだけ早くご返事いたします」

安藤教授は三日でと期限を切り、ふたりもそれを受け入れた。

「ひとつだけ確認させてください。十年経ったら本当に辞められるという保証はあるのですか」

千代田医局長は当然問題になると考えられる疑問をただした。

「それは私を信用してもらいたいと返事するしかない」

安藤教授は言葉を選んで簡明に答えた。

「むろん私どもは教授を信じていますが、持って帰れば必ず病院で質問攻めにあいます」

「それも分かる。では私がそのことを文書にして君に預けよう、それでどうだ」

「そうしてもらえば助かります」

千代田医局長はそれだけでは足りない気がしたが、この場でそれ以上要求するのもためらわれた。

ルブルム先生も尋ねた。

「三宅教授も同意してくれますか」

「それもこれから自分が説得する」

安藤教授は短く答えた。

予想もしない意外な展開になった。

祈念病院ではその日の夕方、千代田医局長の指示で慌しく臨時医局会が開かれた。医局会は冒頭に千代田医局長から安藤教授の提案が披露されてはじまった。これにはさすがに集まった医局員も意外だったらしく、大きなどよめきが起こった。

日高副院長は現在四十七歳、十年後は五十七歳になる。年齢的には問題ないだろう。となればこの安藤教授の案の十年間という約束と、その後の人事に大学が関与しないということが信じられるかどうかだ。集まった先生たちからの質問はそこに集中した。

安藤教授は千代田医局長に「一札入れる」と約束してくれたが、安藤教授個人の保証がどれほどの効力を持つのか。三宅教授にも署名してもらっても十年後そのまま居座られたらどうなる。そもそも十年は長すぎるのではないか。祈念病院では医師の定年は七十歳だから院長もそれに準じて定年を設けるべきではないかなど、前回の医局会と違ってこの日の医局会は白熱した議論で沸騰した。

それらの意見は千代田医局長もたしかめたいもっともな疑問だが、いまたしかめようがない。議論は繰り返され、蒸し返された。

このままでは埒《らち》があかないと見てとった千代田医局長が、これまでの発言を総括して安藤教授に申し入れることを提案した。

千代田医局長は、

「一札に安藤教授、三宅両教授の署名を求め、その念書を祈念病院が預かる、大学は誠意を持ってこの約束を守ること。なお十年という年数も考慮して欲しいこと、以上の趣旨を祈念病院医局会の総意として安藤教授にお願いする」

ということで総括し、最終的に医局の総意として了解された。

千代田医局長は取りまとめを終えると、医局員にそのまま留まるように要請して、副院長室に電話を入れた。

日高副院長も医局員のひとりであり、本来出席する資格があるのだが、この問題では当事者なので千代田医局長の判断で副院長室に待機してもらっていたのだった。

副院長が医局に顔を出すとこれまで騒がしかった医局会も静かになり、みんなの視線が副院長に集まった。

千代田医局長がこれまでの経過と結果を報告すると、副院長は眼を閉じて静かに耳を傾けていたが、説明が終わるとおもむろに口を開いた。

「遅くまで論議を重ねられてご苦労さまでした。皆さん方の祈念病院と私に寄せる熱い思いに心から感謝いたします。いま千代田医局長から説明があったことについて、私にはなんの異論もありません。よい結果が出て被爆者にとって、さらによりよい病院になればそれがいちばんです」

副院長はここでいったん言葉を切った。そしてひと言つけ加えた。

「ただ一札は必要ありません」

副院長の思いがけない最後の言葉に、医局が騒然となった。

千代田医局長が驚いて、

「なぜですか。安藤教授が自ら書いていいとおっしゃっているのですよ」

と、思わず口走った。

副院長は千代田医局長に笑顔を見せながら、

「私は安藤教授を信じます。念書を貰うということは、人を信じないことです」

ときっぱりとした口調で応えた。

千代田医局長はどう対応したらいいのか、混乱したように医局員に目を移した。医局は一挙に収拾がつかなくなった。

だれ彼となく勝手に立ち上がって勝手に発言をはじめた。

「これは病院の重大事ですから、きれいごとではすまされない」

「医局会の決定だから副院長も従うべきだ」

「三宅教授が辞める根拠をなくすべきではない」

などと副院長の翻意を求める声が室内いっぱいに広がった。が、副院長は頑として自分の主張を曲げなかった。

純粋な副院長の心は理解できるのだが、世の中はそれでは通らないこともみんな知っている。ここは副院長ばかりでなく病院にとっても医局にとっても剣が嶺の頑張りどころだから、副院長にも同調してほしいという気持ちが医局員みんなにこもっていた。

しかし笑顔は崩さずみんなに感謝しながらも、副院長は最後まで自分の意見を曲げなかった。結局この収拾は副院長と千代田医局長に一任されることになった。

翌日、千代田医局長とルブルム先生は安藤教授の部屋を訪れた。

挨拶も早々に千代田医局長が昨夜の医局会の経過を詳しく説明した。そしてその最後に、

「折角の安藤教授のご好意ですが、副院長の意志を尊重して念書はいただかない」

と伝えた。

安藤教授はその成り行きを聞いて、

「改めて日高副院長の人柄に触れた思いがする」

と感激された。

帰りぎわ安藤教授は、副院長に必ず約束は守ると伝えてほしいと、千代田医局長にくれぐれも頼んだ。

これが三宅健太郎教授の次期祈念病院院長就任が決定された瞬間となった。

ルブルム先生は副院長の気持ちは理解できても、やっぱり一札は貰うべきだと悔や

んでいた。

いまはいい。だが十年も経てば関係した人たちも少なくなり、約束事も人々の脳裏から薄らいでいくだろう。

もし約束が反故にされたらどうする。

「私は教授室の前で腹を切りますよ」

と、精いっぱいの気持ちを安藤教授に伝えたかった。

第二章

自治会の岩山

（1）

ルブルム先生はかねてから三十歳までには結婚しようと考えていた。が、すでに三十の誕生日が過ぎていた。それで祈念病院に勤務した年、眼科の事務職員と交際して、控えめで家庭的だったのが気に入って結婚した。年齢を限ったことに特別の理由はないのだが、いったん決めたことは守らないと気がすまない性格なので、自分との約束をぎりぎりに果たすことができてホッと安堵したのだった。

たまたまその年、祈念病院の外科部長が開業することになり、自宅を買わないかと話を持ちかけられた。

いいタイミングだったので、さっそく銀行と相談するとすぐに融資に応じてくれ、三十歳で家庭と家を手に入れることになった。

家は長崎市が昭和三十九年（一九六四）、市西部の山を切り開いて造った団地のなかにあって、販売宅地数二百五十を超える、当時の長崎市で屈指の大型団地だった。開発前のこのあたりはうっそうとした竹林の多い山で、合間に小さな畑が転々と存在する鄙《ひな》びた土地だった。団地の周辺にはその名残の竹林がいまでも結構残っている。購入したその家は、団地のがけ上に位置していて団地全体を見おろせ、景色は申し分なかった。

敷地は八十六坪。この団地では標準的な広さで、そこに四DKの平屋が建っていて、大村から岩石や樹木を運んで造ったという日本庭園はとくに感じがよかった。その家で長男、長女が年子で生まれ、四年目の十二月には三人目の女の子が誕生して、親子五人のにぎやかな家族になった。

家の正面は小道を挟んだ岩山で、山といっても十メートルもない高さだが、春には野いちごや名も知れない雑草の花などが咲いて、子どもたちの格好の遊び場になっていた。

若い人が多い団地らしく子どもが多く、にもかかわらず団地内に遊び場がないため、この岩山は格好の子どもの遊び場になって、一日じゅうその歓声がルブルム先生の家のなかまで響いてきた。いっぽう、夏ともなればときどきヒルが家のなかに入り込んできてルブルム先生を驚かせたりした。

岩山の向こうはなだらかなノリ面で丈の短い雑草が生い茂り、その先には小川が流れている。

この小川は団地の中央を貫いてくだっていて、団地のメイン道路がその小川に並行するように走っていた。

その家から祈念病院までは車でわずか十五分しかかからず、勤務には好都合の場所なのだが、周辺の道路が団地造成に追いつかず未舗装のうえにでこぼこ道で、ルブルム先生は通勤途中その穴に車輪を落として立ち往生したこともある。

旧い住民の多くは農家でカソリックを信仰していて、過疎なこの地に教会だけは立派なのが建っていた。むかしここは隠れキリシタンの集落だったのでないだろうかと、この地に住んでルブルム先生は思いを巡らしていた。

市がこの地域を開発したおかげで、周辺の竹山もしだいに開けていって、旧住民と団地住民とが混在しながらひとつの町を形成していた。

山持ちのひとり、松本信雄氏はそれまで小さな農地と馬車を引いて生計を立てていた貧しい農民だったが、市が団地造成で持ち山を買いあげてくれ、さらに周辺に残った自分の土地を活用して、障害者福祉施設をはじめアパート、保育園、駐車場など手広く経営し、見事に事業家へと変身していた。

事件の発端は、その松本氏が岩山崖下の三室滋氏宅を訪れたことからはじまる。三室氏によればその日予告もなく松本氏の訪問があり、上の岩山を長崎市から自分が譲りうけたので障害者用の木工所を造る。ちかぢか岩山の樹木を伐採する予定だが、崖下の三室さんには迷惑がかかるので挨拶にきたという。

三室氏は県社会福祉協議会に勤めているので松本氏とは仕事上面識があったが、岩山に木工所を造るという話は聞いたこともなくあまりに唐突なので、日ごろ親しくしているルブルム先生宅に飛んできたのだった。

「先生のところにはきませんでしたか」

「いいえ、うちには」

「先生のところも岩山の正面だから、松本さんがきたのではないかと思ったのですが」

「しかし驚いた話ですね。私は初耳ですが団地のみなさんはご存知なのでしょうか。とりあえず岩山周辺の方々に尋ねてみましょう」

と、さっそく何軒かに電話をかけた。が、いずれからもこれまで松本氏が見えたことも連絡もないと返事がもどってきた。

「やっぱり三室さんのところだけですね。知り合いなので話しやすかったのかもしれませんね」

「いやあ、知っているといっても、あの人が社協に顔を出すときはろくな用件ではないですよ」

三室氏は顔をしかめた。

「でもこれは自治会にとっては大問題です。会長は知っているのかしら。山村会長にも聞いてみなくては」

電話で連絡を取ると山村自治会長は在宅とのことなので、ふたりはその足で自宅を訪問することにした。

会長宅はルブルム先生の家から階段を二、三十段おり、坂道を少し歩くだけの近い距離だった。

山村柳太郎自治会長はこの団地ができたときから自治会長を務めていて、市内で昆布加工販売をしているバリバリの実業家だった。

こんな夜分になにごとかとふたりを待っていた会長は、三室氏の話を聞いてびっくりした。

「いったいどういうことだ。あの土地はこの団地ができるときから公園予定地に決まっていて、市が勝手に売買することはできないはずだ」

山村会長は団地開発当初から市の相談にあずかってきただけに、団地のいきさつについては詳しい。

自分になんの連絡もないまま勝手に話がすすめられているらしいのに、強い不快感をにじませた。

これは自治会の大問題だから早く対策をたてねばと、夜分にもかかわらず町内の主な役員に連絡をとり、自宅に急きょ集まってもらった。

なにごとなのかと駆けつけた役員をまえにまず三室氏が、

「昨夜、突然松本さんが私の家にこられ、ちかぢか岩山の樹木を伐採する。ついては三室さん宅には迷惑をかけるので挨拶にきた、ということでした。私もはじめて聞く話だったので会長に連絡をしたところです」

と説明し、ついで山村会長が、

「三室さんの話は私も初耳で驚いている。どなたかこの件で何か知っているかたはいませんか」

とみんなを見回したが、誰もが首をかしげるばかりだ。

「ルブルム先生の家は岩山のまんまえですが、どうですか」

と会長に名指しされた。

「いいえ、私にもなんの連絡もありません。さきほど三室さんから話を聞いたばかりです」

と答えると、ほかの役員達からも自分にも連絡はないと発言がつづいた。

山村会長はやおら岩山の説明を始めた。

「皆さんもご存知のように、あの岩山はこの団地が計画された当初から公園敷地になっていて、市の団地設計図にもちゃんと公園と明記されている。しかもこの団地は子どもが多いので、早く公園を造ってくれと、自治会で何回も市に陳情を繰りかえしてきた。市からはそのつど、あの岩山は予想外に岩盤が固く工事費が当初の見積もりよりかなりかさむので、しばらく待ってほしいとの返答ばかりだった。そんな最中にその土地をわれわれになんの連絡もなく一民間人に勝手に売り払うなんて……、とても信じられん」

山村会長は市への不信感をあらわにした。

「松本はあの土地を買ってどうしようというのですか」

副会長の大石武氏が持ちまえの大声で訊いた。大石さんの家も公園に面している。

松本と呼び捨てにしたところに怒りがにじみ出ている。

その問いには三室氏が、

「松本さんは身体障害者のための木工所を造るといっていましたが」

と答えた。

「えっー、それはないだろう、ここは市が造成した住宅団地ですよ」

「ないだろうと言われても……。松本さんは間違いなくそういったのですから」

三室氏は困ったように返事した。

「本当にこんなことがあるのだろうか。大体そんなときは前もって市が自治会に相談に来るものだろう。住民無視もはなはだしい」

山村会長の怒りはますますエスカレートした。

延々と長崎市と松本氏への非難がつづいたが、ここでいくら論議してもはじまらないので、早急に市の責任者に詳しく説明を求めようということになった。

翌日、山村会長はじめ自治会役員が長崎市役所に赴き激しく抗議するとともに、いきさつについて住民総会で説明するよう正式に申しいれた。

それから三日たった天皇誕生の祝日、朝からいい天気なので、ルブルム先生は子どもたちとドライブに出かけようかと準備していると、電気ノコギリのうなり音が激しく家のなかに響いてきた。

この祝日になにごとだろうと玄関から表をのぞくと、真っ青な空の下で数人の作業員が岩山の木の伐採をはじめている。すでに近所の顔見知りの人たちが五、六人作業員を取り囲んでなにかいい争っているのが見えた。

ルブルム先生も慌てて家から飛びだした。

いったいなにをやっているのだ、祝日の朝からこんな騒音をたてられて住民はたまったものではない。

工事は即刻中止するようにとみんなといっしょになって激しく抗議すると、作業員のボスみたいな男がその剣幕に押され、どこかに電話連絡を取っていたが、ではきょうの工事は中止しますと宣言してさっと引きあげて行ってしまった。

しかし、この日の作業は中止したがそれも束の間、翌日から伐採は強行され執拗な抗議にもかかわらず作業はつづけられた。

その間、市役所に何度も抗議したがそのたび市の担当者は、松本氏に連絡を取っているというだけで、三日間の間に岩山はすべて樹木を伐採されてしまった。

その一方的なやり方はさらに住民の怒りに火をつけた。


長崎市の管財部長が山村会長宅を訪れたのは伐採が終わった翌日であった。

山村会長は急きょ臨時の住民総会を自宅で開催したが、伐採と示し合わせたような市の態度に会長宅に集まった住民は憤慨のるつぼと化していた。

はじめに山村会長が、自治会になんの連絡もなく勝手に岩山を売買し、あまつさえ樹木を強引に伐採したことに、激しく抗議の言葉を管財部長に浴びせかけた。

管財部長は、松本氏から何の連絡もなく伐採は市の意向ではないと長々と釈明し、それがすむと岩山のこれまでの経過を説明させてほしいと申しでた。

市の勝手な振る舞いに住民は怒りが頂点に達していたが、山村会長がとにかく市の説明だけは聞いてみようと取りなして話を聞くことになった。

管財部長によれば、この岩山の広さは千三百平方メートル、うち千十七平方メートルを価格六百八十二万四千円、三回払いで松本信雄氏に払い下げ、売買契約もすでに長崎市と松本氏の間で交わしてしまった。

その理由として、市がこの地区の道路拡張工事をおこなった際、誤って松本氏が所有している障害者施設の土地を一部道路として登記してしまい、松本氏との間にトラブルが生じた。市は登記した分の土地を松本氏から買い受けることで解決を図ろうとしたが松本氏が応ぜず、長いやり取りの末やむを得ず松本氏が要求してきた岩山の売買で決着を見ることになったという。

そのうえで管財部長は、この岩山が当自治会の公園建設の予定地とは知らず、このことについては深くお詫びすると深々頭を下げた。

しかし、と管財部長は言葉をつないだ。

土地は現在まで長崎市の普通財産で価格も市の評価委員会で決定されており、松本氏との売買自体にはなんら法的落度はないと強弁した。

この説明が終わるや否や室内は騒然となった。すぐさま山村会長が噛みついた。

「長崎市はこの団地を分譲するさい、すぐ公園の造成にかかると私に何回も明言したではないか。にもかかわらず分譲後になって、土質が岩石で堅く造成工事に金がかかるといって陳情のたびに引き伸ばしてきた。そのあげくそのいいぐさは言語道断だ」

と怒りのボルテージはあがるいっぽうで、

「この公園は団地唯一の子どもの遊び場なのだ。しかもこの団地は若い人が多くて子どもがたくさんいる。みんな公園ができるのを、いまかいまかと待たされ、そのあげくに自治会には何の相談もなく突然部外者に払いさげるとは。絶対に認められない」

と管財部長を見据えて厳しく抗議した。

部長は岩山が公園予定地とまったく知らず申し訳ないことをしたと再度陳謝したが、松本氏にこの土地を要求され、止むを得なく契約を結んだ。売買契約が成立してしまっている以上、自治会には心苦しいがどうにもならないと発言を繰りかえし、土地については交渉の余地がないと改めて強調した。

また岩山周辺の住民からは休日におこなわれた伐採の件が取りあげられ、自治会と話しがつくまで今後の工事は差しとめるように市に要求した。

管財部長はその件については松本氏に直ちに伝えると答え、もはや市の問題でないという姿勢をイメージづけようとした。

このような市の姿勢に住民が納まるはずがない。話し合いは怒号が飛び交い、収拾がつかない状態に陥った。

　管財部長はこの状況では収まりがつかないと判断したのか、「今日はこれまでの報告とお詫びに来たので、改めてまた近いうちに要望を聞きに参ります」といって立ちあがった。住民の、逃げるのかという罵声を背中にほうほうの体で帰っていった。

　管財部長が一方的に退席したあと、会場は憤懣の声が渦まいた。

　自治会の大石副会長は県トラック協会の事務局長をしているが、仕事柄か声が大きく押しが強い。

「こんなに話が進んでいるのに山村会長がなにも知らないというのはおかしなことだ。会長は宮沢市長後援会の大幹部ではないですか。しっかりしてほしい」

　と山村会長にさや当てし、

「いまの管財部長の説明を聞くと、市は間違いなくなし崩しに事を終わらせようとしている。こちらもうかうかしておれない。できるだけ早く対策をたてる必要がある。私は一日も早く仮処分の申請をしたがよいと思う」

　と具体的な対策を発言すると、集まった住民から賛同の声があがった。

　山村会長は顔を真っ赤にして、

「自分はたしかに宮沢後援会の役員はしているが、この話は聞いたことも相談を受けたこともない。自分はここの自治会長として自治会のために全力をあげている」

と釈明した。

設計事務所を経営している藤井さんも自治会役員のひとりだが、

「公園予定地であることを、担当が替わったので知らなかったなどとよくもしゃあしゃあといえたものだ。まったく住民をなめきっている。そのうえ法的にはなんの落ち度もないと開き直られてはこちらも堪忍袋の緒が切れた。遠慮はいらない、徹底的に反対しよう」

と激しく訴えた。

それを受けて子ども会の小野美佐子会長が立ちあがった。小野さんは、今度工事を始めたら子どもたちといっしょに岩山に座り込みましょうと発言したので、集まっていたみんながびっくりした。

ルブルム先生も子ども会の副会長なので小野さんはよく知っているつもりだったが、子ども好きの優しいお姉さんというイメージしかなく、こんな強い一面があるのかと初めて知った。小野さんはさらに、自治会の意思を強く表明するために、「岩山を守る会」というようなものを自治会に作ったらどうでしょうかとも提案した。

これを聞いた山村会長は即座に賛意を表し、それはいい、皆さん今の小野さんの提案は如何でしょうかと問うと大きな拍手が返ってきた。そのうえで会の名称、メンバーなどについては山村会長と小野さんに一任することとなった。

あらゆる方面にあらゆる手段を使って徹底的に市と戦おうと決議して、臨時住民総会はお開きとなった。

ルブルム先生は自宅の前に騒々しい木工所ができると聞いたときはショックで、市はひどいことをするものだと強く憤慨したが、売買契約も終わって岩山の伐採まですんでしまったいまとなっては、どうにもならないのではないかと不安な気持ちを抱いていた。そんななかでおこなわれた住民集会だったが、住民の激しい反対姿勢に救われる思いだった。

小野さんが提案した会はその名称を「岩山を公園にする会」と決まった。市へのあからさまな挑戦を表した名称だ。この会は山村会長、小野さんほか、自治会の役員すべてが幹事となり、自治会の総力をあげて公園ができるまで戦うことを宣言した。

さらに驚いたことは会の会長にルブルム先生が指名されたことだった。

ルブルム先生は自分に寄せる住民の期待を知らされ、子どもたちのためにも絶対引いてはならないと自らに強くプレッシャーをかけた。

(2)

キリスト教徒が迫害を受けつづけながらも信仰を決して手放さなかった浦上の地、その一角に原爆落下中心地公園はある。原爆が投下された真下に位置していて、炸裂した上空五百メートルを黒御影の柱が指し示している。

メタセコイアが公園の道路沿いに列をなして高くそびえ、四月に入ると枯れていた枝々に新緑がつきはじめた。公園の内側を囲うように植えられている桜もそろそろ蕾を開かせそうな気配で、もう春の到来を告げていた。

悲惨な原爆の中心地、という面影はどこにも見られないほど公園化され、敷地のなかに建っている幾つかのモニュメント、慰霊碑でわずかにそれを偲ぶしかない。

祈念病院ではこの四月、瀧澤院長から三宅新院長に引継ぎがおこなわれ、新しい体制に入った。

新院長は大学時代、大学病院長を経験しているので、比較的すんなり祈念病院の運営に馴染んだようだ。

言葉数は少ないが大柄な体格はどっしりと貫禄があり、安藤教授とよく似ている。ふたりとも京都大学出身で酒も強いということも共通していて、三宅新院長の就任に安藤教授が奔走したのもなるほどと肯かされた。

それにしても三宅新院長の行動の素早さは目を見張らせた。

まず着任早々院長定年制を導入、自らの院長期限を五年間と明言した。これには医師一同驚かされた。たしかに医局会でそのような声はあったが、いますぐ実現させると意気込んでいたものでなく、十年という期間が長すぎるとけん制する発言だったはずだ。それをいともあっさり受けいれ、逆に医局のほうが耳を疑ったぐらいだった。

もっと驚いたのは自らの給与、ボーナスを八割カットすると発言したことだった。それには職員全体大きな衝撃をうけた、

病院が赤字だから率先して返上するという説明は理にはかなっているが、それが実

施されると職員もこれまでの給料を全額黙ってもらいにくくなる。

みんなが困惑していると、日高副院長がその気持ちを代弁して院長と交渉、三宅院長のボーナスのみを五割カットすることで落着した。

いっぽう、心配された副院長との関係は新院長のほうが気を遣っているようで、会議の後など副院長と連れだって飲みに行く姿も見受けられ、その点病院全体にホッとした空気が流れた。

四月にはまた診療報酬改定が中医協で決定された通り、病院側に厚い内容のまま実施され、祈念病院の収支は大きく改善されることになった。

その見通しをうけて三宅院長は、全科に複数医師を充足すると打ちだし、医師の確保をみずから率先して大学と交渉しはじめた。

大学には医師数が不足していて祈念病院の要望に応じがたい科もあったが、大学と関係深い三宅院長の意向であり、また安藤教授の強い後押しもあって、とりあえず六月から一人医師の科にはもうひとり、医師を最低半日は派遣することで決着した。

皮膚科でもさっそく、ルブルム先生が喜多教授と話し合った結果、若手医師を一年交代で終日派遣してもらうことになった。

振り返ると、ルブルム先生が祈念病院に勤務して早々に取り組んだ〝全科に複数医師を〟という懸案は、診療報酬改正と院長交代というふたつの大きな節目を経て、ようやく日の目を見ることになった。

四月といえば、あの囲碁の天才少年も小学校に入学し、棋力も千代田先生とは互戦で打てるまで強くなったという朗報もあった。街の碁会所では六段格で打ってもめったに負けないらしく、プロにという話が周辺から持ちあがりはじめたが、いまのところ喘息とアトピー性皮膚炎が心配で親は手放せないでいる。

その天才少年の影響をうけたのか、千代田先生はいよいよ囲碁にはまってきた。

宮崎県日向市は碁盤と碁石の生産地として全国でも有名だが、その日向市から年に二、三回祈念病院にも碁盤商が見本を持って行商にくる。高い品物なので実際に売れることは少ないのだが、行商人自身囲碁が好きで医局で碁を打って遊んでいく。たまたま天才少年と対局してその才能に驚き、絶対にプロにすべきだと千代田先生に進言していた。

そんなことで意気投合したのか千代田先生はついに立派な碁盤と碁石をその行商人から買った。

さすがに商売は商売、とルブルム先生は感心させられたが、さっそく碁盤のお披露目会をしましょうと医局の囲碁愛好者七、八名に声をかけ、千代田先生宅にお邪魔することになった。

千代田先生の自宅は病院から歩いても五分とかからない所なので、仕事が終わった先生から三々五々集合した。

案内された座敷は八畳の間に広縁がついていて、その先に小ぢんまりとした日本庭園が見られる、和風の落ち着いた部屋だった。

みんなが集まると千代田先生は押し入れを開けて重そうな碁盤を持ち出してきた。よいしょと部屋の真中に据えると、それぞれそのまわりに集まった。

厚いなあ、重たさそう、見た感じが良いなどと品定めをしながら、碁盤を抱えたり碁石を指でつまんで碁盤の上に乗せたりしている。

「最近榧《かや》は少ないそうですからこれだけ厚いかや盤は珍しいのではないですか」

と誰かがいうと、

「最近は外国産の物もあるそうですが、ただ外材は国産に比べ目が粗いのですぐ分かるそうです」

千代田先生は碁盤表面の木の目を指で示しながら説明した。

「碁石も宮崎産ですか」

と誰かが訊くと、

「この白石は日向産三十三号で厚みが三・三ミリ、大きなハマグリはもう日本では取れないので、白石は碁盤より貴重ですと碁盤屋が自慢していました。黒石は那智黒とよばれ和歌山県の那智で取れるそうで、こちらはあまり値打ちがないそうです」

と、千代田先生が碁盤屋の受け売りをした。

ころあいを見てルブルム先生が、

「ではお披露目に碁盤開きをはじめましょうか」

と提案すると、

「碁盤開きって？」

と産婦人科の黒川先生が尋ねた。

「盤石の初おろしをみんなで祝いましょうということで、とくに決まった儀式があるわけではないのですが、連碁なんかどうでしょうか」

「連碁って？」

と再び黒川先生。

「ここに集まったみんなが白黒に分かれ、交代で何手かずつ打ちます」

「それで？」

「碁は途中で終わってもいいですし、最後まで打って決着をつけてもかまいません。要するに皆さんが碁盤と碁石に触ってもらえばよいのです」

「なるほどそれはよさそうだな、じゃあ早速その連碁とやらをやりましょうか」

と意見が一致した。

「ではまず千代田先生と私がはじめます」

そう宣言すると千代田先生とルブルム先生は碁盤の前に正座した。

千代田先生が黒石を碁笥《ごけ》から取り出し、まず第一石を右上の星に打った。つづいてルブルム先生が白石を右下に置いた。そのあと二人で十手まで打って次の先生と交代した。同様に出席した先生方全員があとを引き継いで二人で十手ずつ打ちつないだ。

一巡したところで打ち掛けとし、めでたく碁盤開きのお祝いは終了となった。

いつの間にやら千代田夫人と娘さんが珍しそうにその様子を眺めていたが、連碁が終わって千代田先生が碁盤を部屋の隅に置くと、ふたりしてテーブルを運んでこられそのうえに料理とビールを乗せ、碁会は祝宴へと移った。

夫人と娘さんもそのまま同席して談笑に加わり、華やかな宴会となった。

夫人は先生と同じ年と聞いていたが、千代田先生よりよほど若く見え、誰かが娘さんと姉妹のようだと発言すると、夫人は娘さんと顔を合わせて頬を紅くした。

そこに三歳ぐらいの可愛いい男の子がチョコチョコとやってきて、娘さんの膝の上に気持ちよさそうに座った。

「お孫さんですか」

と千代田先生に質問が飛ぶと、

「初孫」

千代田先生がぶっきらぼうに答えた。

「先生は四十そこそこでしょう、ずいぶん早いお孫さんですね」

また誰かが発言すると、

「ぼくは結婚が早かったたし、娘も十九で結婚したから」

と千代田先生は説明した。

「よほど奥様若いときからおきれいだったのでしょね、それで千代田先生は心配で心配で早く結婚したのだ。そうでしょう、奥様」

などと冷やかされ、宴会は千代田一家を囲んで盛りあがっていった。

しばらくたって黒川先生が千代田先生に、

「今度、神奈川県にこども病院ができるそうですね」

と尋ねた。

「そう、神奈川県はすごいね」

千代田先生がうらやましそうに相槌をうった。

黒川先生は産婦人科、千代田先生は小児科だから子どもの病気に関心が深いのだろうが、ルブルム先生には「こども病院」とははじめて聞く言葉だった。

「なにかすごいのですか」

と不思議そうに尋ねると、

「こども病院というのは子どもだけを専門に見る総合病院なのだよ。すごいだろう」

千代田先生は再び「すごい」を繰り返した。

「なにがすごいのかよく分かりません」

ルブルム先生も繰り返すと、

「それが分からないようでは医師としては失格だ」

　と千代田先生はあきれたようにいった。

「そう言われても……。それはたとえば祈念病院とどう違うのですか」

「どう違うかって。祈念病院と比べることがそもそもおかしいのだよ。ひとことでいえばこども病院はすべての科に子ども専門の医師がいて子どもだけを診療する病院ということだ」

「それは随分ぜいたくな病院ですね」

　とルブルム先生が感心すると、「本当になんにも分かってないのだなあ」と千代田先生はつぶやいて説明を始めた。

「君はいまぜいたくといっただろう、残念ながらそれがいまの日本の医療体質なのだ。本来子どもにとってこども病院は必要欠くべからざる病院なのだ。たとえばだよ、君の皮膚科にアトピーで子どもが入院したとしよう。病院の病棟は基本的に大人用の設備だろう。ベッドぐらいは取り換えられるかもしれないが風呂やトイレも大人用。食事も大人のメニューが基本。それればかりでない。周りの入院患者も大人ばかりで子どもにはふさわしくない話が飛び交うだろう。長期入院の場合、子どもの教育はどうする。病院としては病気の治療さえすればいいのだから、そこまでは面倒見る必要はないということだろう。それは日本の病院が大人中心にできあがっているからだ。こども病院は逆に病院全体を子ども中心に作りあげる。子どもの人格を尊重してつくられた病院なのだ」

千代田先生が熱弁をふるった。

「子どもも大人と対等にということですか。なるほどいわれればもっともな気もしますが」

現実にはむずかしいのではと食いさがると、千代田先生の説明はさらに熱が入った。

「君は日本の医療にどっぷり浸かりすぎている。目を覚まさないといけないな。世界では子どもは子ども専門の医師が診るというのは当然なのだよ。君はこども病院について何にも知らないようだから少し講釈すると、昭和四十年（一九六五）に東京で世界小児科学会が開かれることになった。そのとき日本にはまだこども病院はひとつもなかった。ところが世界では先進国はもとより、後進国にもこども病院は当たり前だから、国は慌てて東京に『国立こども病院』をつくった。しかし学会が終わったらそれきりだ。だから日本にはこども病院といえば、いまでも東京のその病院ひとつだけしかない。それを今度神奈川県が独自にこども病院をつくる、というから画期的なできごとだといっているのだ」

傍《かたわら》で黒川先生もうなずいている。

世界には古くからこども病院と称する子ども専門の病院が存在しているという話ははじめて聞く話だったが、たしかにルブルム先生も子どもを大人の半人前に扱ってきた覚えがある。子どもの人格という言葉にはなにか新鮮な響きがあった。

千代田先生のお孫さんはいつの間にかおじいちゃんの膝に移って、みんなからお菓子を貰ってにこにこしている。

「よく子どもは国の宝というだろう。それならこども病院を作るのが政治家の使命だろう。わが県も神奈川県を見習ってほしいものだ」

といって、千代田先生はお孫さんの頭を撫でた。

「しかし新院長には驚かされたなあ。着任早々自分の給与もボーナスも八割カットすると宣言されたのには」

という発言で話題はこども病院から新院長に移った。

「そんなこと打ち出されると、私らも給与をカットしないとまずいのじゃないかという空気になるし。副院長も必死に院長を説得されたようだ」

「結局、院長のボーナス五割カットということで収まったが」

「院長はそれでも生活できるのだろうが、われわれは死活の問題だ」

「管理者会議に診療部長も出席するよう指示されたのも新院長だ」

「医師が病院の経営に関心を持つのはいいことだからそれは賛成だ」

そのやり取りを聞いて、ルブルム先生ははじめて副院長に呼ばれ、祈念病院の経営説明を受けたときのことをほろ苦く思い出した。そんな話聞く必要はない、と胸の内で強く反発したのをいまさらのように情けなく思った。

「さらに院長は、医師全員にもっと経営に関心をもってもらおうと、能率給導入ができないものか検討されはじめられた。給与の一部を各科の収入に応じて配分しようということで、その分医師の給与はあがる」

新院長から事務に指示が出ていることを千代田先生が披露すると、稼げば給与があがるのは励みになる、という賛成派からニンジンをぶら下げられ働かされるのには抵抗を感じるという者もいて、また宴席はいちだんと騒がしくなった。

瀧澤前院長時代にも能率給は検討されという。能率給を実施するには各科ごとの収入と経費をはじきだすことが必要になる。各科の収入を算出することはさほど困難ではないが、各科ごとの経費を割り出すことはむずかしい。たとえば病室や手術室の維持管理費、給食、ケースワーカーなどの人件費、医療機器などの消耗品、光熱、水道費など病院共通の経費をどう科別に割りふりするかで、結局立ち消えになってしまったと当時の先生が説明された。

着任そうそう打ち出した新院長の病院改革はやる気が見えると評価する医師が多かったが、祈念病院医師の最大の関心は、やはり五年後の院長交代にある。病院内から院長が誕生するかどうかは自分たちの将来につながる。

「新院長の改革でひとつあげよといえば、院長定年制を敷いて、自らの任期を五年にしたことにつきる」

という声すらあった。しかし、なぜ自分の手足を縛るようなことをいち早く打ち出したのか。

このことが話題にあがると千代田先生が苦笑しながら、

「十年という任期を三宅夫人が反対されたそうだ」

という思わぬ裏話をした。

「えっ、奥様の意見なの……」

と意外な説明にみんなが声をあげると、

「奥様は京都の出身だろう、だから定年になって京都にもどるのを楽しみにされてお
られた。それがあと十年長崎で仕事をするといわれ、私は京都に帰りますからあなた、
単身で勤めてくださいと立腹された。あわてて三宅院長から相談を受けた安藤教授ご
夫妻が仲に入って、何とか五年間でと奥様に了承してもらったという」

と絵解きをされた。

「なんだ、新院長の病院改革ではなく家庭の事情なのか」

と、みんなあっけにとられたが、

「それでも祈念病院にとってはありがたい話だ。どんな理由であれ、結果よければす
べてよしだ。奥様に感謝しなければ」

と話が弾んできた。

「でもその五年後に定年になる教授はいないのかなあ」

と、さらに心配する先生もいる。

「安藤教授がそうだそうだ」

と大学通の先生が答えると、

「えっ、これはまた厄介なことになりそうだな。その時はルブルム先生、君の出番だな」

とみんながルブルム先生のほうを見て冷やかした。

そんなことならやっぱり安藤教授から念書をもらっておくべきだったなあ、と新院長をめぐる話題はつきなかった。

「安藤先生、五年後はなどとまさか考えておられないでしょうね」

とルブルム先生は心中で強く諌めた。

(3)

六月に入り梅雨の季節になった。しとしとと雨がつづくこの時期、長崎ではアジサイがあちこちの庭先で見られるようになった。青、赤、紫と色を変えて咲くアジサイは長崎では人気のある花だ。

ルブルム先生宅の玄関先にも白と赤の変わったアジサイが咲いている。

アジサイが長崎の「市花」として定められたのにはシーボルトと大いに関係がある。

一八二三年出島のオランダ商館に医員として長崎にきたドイツ人フィリップ・フランツ・フォン・シーボルトが、全国各藩から集まった日本人塾生に長崎の鳴滝で医術を教授したことはよく知られているが、シーボルトは植物学にも造詣が深く、帰国後オランダで出版した「日本植物誌」に、アジサイ十四種を新種として発表した。そのひとつに自分が長崎で深く愛した芸妓、楠本滝（お滝《たき》さん）の名前を取って「オタクサ」という学名をつけ、このオタクサがアジサイと長崎を結びつけた。

アジサイ祭りが眼鏡橋を中心に開かれている六月の半ば、長崎市の管財部長がひとりで山村会長を訪れてきた。

先日の住民総会で、岩山は売ってしまったのだから仕方がないと発言して地元住民を硬化させてしまい、激しい反対運動を招いた張本人である。

山村会長から呼ばれて小野さんとルブルム先生も同席した。

管財部長は笑顔をむけ挨拶したが、三人は硬い表情を崩さず管財部長をにらんだ。

「先日の町内会の結果を持ち帰って部内で検討しましたので報告にまいりました」

管財部長は前回と違い、ずいぶん低姿勢に説明をはじめた。

「その結果、たしかにこの団地は子どもさんが多く、公園は必要という意見が大勢を占めました」

「そんなことはいわれなくとも分かっている。だから計画通り早く公園を造ってほしいと、何度もお願いに行っているじゃないか」

山村会長はいまさら何をいっているのだと声を荒立てた。

管財部長はその通りと神妙にうなずきながら、

「市としても団地に約束してきたことだし公園は造る方向で検討しました。また松本さんにも事情を説明してぜひ協力してくれるよう交渉を重ねています。ただ松本さんは売買契約がすんでいるとの一点張りでなかなか話に応じてくれませんが、今後も粘り強く交渉をつづけるつもりです」

小野さんがじれったそうに、

「それで」

と先をせかせると、

「私どもの考えを検討してもらえばと今日おうかがいました」

とやっと本題に入った。

「どんなことだ」

山村会長はぶっきらぼうだ。

「公園は必要だということはわれわれの考えも一致しましたのでその前提で検討した結果、代替地に公園を造るという案が出ました」

「代替地？　じゃあ岩山はどうなる」

山村会長の言葉には相変わらず不信感がにじんでいる。

「それはすでに売買の手続きがすんでいるので市としては松本さんの協力まちですが、いまのところ松本さんは木工所がうるさいというなら職員寮にしてもいいというところまでは譲歩してくれました」

「替地といってもどこに公園を造るような土地がある」

山村会長は質問を元にもどした。

「我々も団地をくまなく調査しましたが、なかなか公園になるような土地は見つかりませんでした。ただ一ヵ所、会長のお宅をまっすぐ上ったカーブのところに古藤さんという人の土地がありますが、古藤さんは郷土の対馬に引きあげられて、いま空き地になっています。この土地を市で買いあげて公園にしたらという案が出てきました」

管財部長は用意してきた団地の地図を広げて指で示した。

「八組の古藤さんのところだな。あそこはよく知っているが何坪ある」

と山村会長が尋ねた。

「先日測量しましたら八十八坪ということでした。坪数は岩山より狭いのですが団地のほぼ中央ですし、滑り台、ブランコ、鉄棒を置ける広さは充分あります」

「八十八坪か、岩山は四百坪以上あるのだから比べものにならないじゃないか」

山村会長は受けつけない。

「私どもも広さについては忸怩《じくじ》たるものがあるのですが、団地内で空いている場所はここだけしかありません。岩山も整地すれば坪数はかなり減るでしょうし、大変ご無理なお願いですが、何とかこの代替地で了解していただけませんか」

管財部長はあくまでも低姿勢で山村会長に頭をさげた。

「どうだろう」

と、会長は小野さんとルブルム先生を見た。

ふたりは顔を見合わせながら、どうみても八十八坪では公園には狭すぎると返事をすると、それにうなずきながら会長は、

「私の気持ちもふたりといっしょだが、いちおう市が持ってきた提案だから町民に諮ってみることにするか」

とふたりに同意を求めた。

ルブルム先生個人は自宅の前に工場ができることが嫌なので、本心はこの代替地には賛成したくないのだが、小野さんと話したすえ、会長が町内会に諮ることについては了解した。

それを受けて三日後、二回目の住民総会が山村会長宅で開かれた。

「管財部長から岩山の代わりに替地で公園を造りたい、と提案があったので急きょ、皆さんに集まってもらいました」

山村会長は町内の地図で古藤さんの土地を示しながら管財部長の提案を説明した。

説明が終わると設計士の藤井さんが勢いよく手をあげた。

「あの管財部長は自治会との約束をまったく無視してけしからん男だ。あんな奴のいうことは信用できん」

前回の憤りはまだ消えていないらしく興奮している。

「私もそう思ったのだが、せっかくの市の提案なので皆さんに諮っているのです」

山村会長がそう了解を求めると、さらに藤井さんは、

「面積は八十八坪といいましたね。その広さでは公園と呼ぶのにふさわしくありません。呼ぶなら単なる空き地または広場でしょうね。都市公園の標準に沿うなら岩山の広さでも狭いのですから。駄目ですよ、この案は」

さすがに専門家だけあって、公園には値しないと切って捨てた。

つづいて大石副会長が例の大声でまくしたてた。

「新たな提案があると聞いたので期待してきてみたら、期待はずれも甚だしい。こんな提案ではまったく問題にならない。いますぐつっ返してください。会長もしっかりしてもらわなければ困る」

「そんなことは分かっている。ただ市の提案を私ひとりで握りつぶすわけにはいかないから、狭いことは承知のうえで皆さんに図っているのだ」

また市長選の鞘当てがはじまったとルブルム先生が顔をしかめていると、子どもを連れた若い男性が手をあげた。

「私は古藤さんの家の近くなのでこの子にはありがたいのですが、ひとりふたりならともかく子どもが多いときはブランコや鉄棒、滑り台などがあるとかえって事故が起きないか心配になります」

と発言した。これには賛同する意見が相ついだ。

年配の主婦が立ちあがった。

「松本さんが工場でなく職員寮に変更してもいいといったそうですが、どこまで信用できるのでしょうか。岩山は買ってしまえば何を作ろうと松本さんの勝手でしょう。もともと管財部長はどうも松本さんのほうを向いているような気がしてその言葉も信用できません」

と不信感をあらわにすると、大石さんが横からその通りと声をあげた。

住民にとっては前回の集会以来、市と松本氏には不信感が根づよい。

「管財部長は公園といったか、公園の替地といったか正確には覚えていないが、私も狭いということは即座に指摘した。しかし市の提案だから私一存ではと思いルブルム先生、小野さんとも相談のうえみなさんに諮ることにした。いまこの提案にいろいろ否定的な意見もあったが、もちろん私もその意見に賛同する。ただ、ではいったいどこに公園を造るのかと問われれば私にはまったくその場所が見つからないし、自治会長として責任を感じている。従って市がさがし出してくれた古藤さんの土地についてもう少し検討したらという思いもある」

山村会長は市の立場を弁明した。

これにはすぐさま小野さんが、

「私も管財部長がこられたときルブルム先生と同席して話を承りました。その場では確かに皆さんに代替地の提案を諮ることに同意しました。ただ同時に子どもたちが安全に遊べる公園としては広さの点で無理だとも指摘しました」

と発言した。それを聞くと山村会長は少し不機嫌な顔をして、

「ならどうするかをいってほしい。私も狭いということはその場でもいった。ただ団地内をくまなく調査し、これで我慢してくれと市が持ってきてくれたのだろう。理想論ばかりではあぶはち取らずにならないかと心配しているのだ」

と発言すると、

「それは会長話が違う。われわれは岩山を放棄したわけではない。公園の場所はあくまでも岩山だ」

と、藤井さんが山のほうを指さしながら訴えると、そうだという声とともに拍手が起こった。

「私ももちろん岩山を公園にできたらそれがベストだと思っている。しかし、すでに売買が成立していて手がとどかないと市がいっているのだから、それならどうするのがいちばん子どもたちのためになるかと考えているのだ」

会長が気色ばむと大石副会長が、

「会長、それはおかしい。あの岩山は仮処分にかければまだ取りもどせる。やってみましょうや。会長は宮沢市長に気を使い過ぎているのではないのか」

とまた市長選挙の鞘当てをはじめた。山本会長はそれを聞くと顔を真っ赤にして怒った。

「げすの勘ぐりもいい加減にしろ。俺はせっかく自治会のために最善の方法はないかと苦労しているのに、そんなことを言われるならもう会長は辞める」

というなり部屋を出ていってしまった。

ルブルム先生があわててあとを追ったが、「この件にはもういっさいタッチしない、今後は君たちでやってくれ」といい放って自室にこもってしまった。

「大石さんも発言をわきまえてください。会長は今後いっさいタッチしないと怒っています」

と報告すると場はざわめき、住民から大石さんもいいすぎだ、市長選挙と絡ませないでと声があがった。

たしかにきょうの会長の発言はこれまでと比べるとトーンダウンしたような印象を与えたと思う。市長サイドからのてこ入れがあったかどうか分からないが、このままでは自治会が割れかねない。

ルブルム先生は強い危機感を抱き、何とかこの場を収拾しなければと焦った。

「これまでの意見を集約すれば、この代替地の提案にはわれわれは反対と結論してもいいでしょうか。自治会としては初めの予定どおり、岩山に公園をつくる、ということでよろしいですか」

とルブルム先生が総括すると、大きな拍手が起こった。

「それではこの提案は自治会として受け入れられないと市に正式に返事しますが、それでよろしいでしょうか」

と重ねて賛否を問うと、これもひときわ大きな拍手で了承された。

「この案はとても了解できませんが、まがりなりにも市が公園を造ることで動いたのは確かですから、こちらも誠意をもって今後の市の動きを見守りたいと思います。そこで大石副会長にお願いしますが、公園の問題が政争の具になるのを私は恐れます。私たちは市長選より岩山を公園にするのが目的ですからそれに集中して協力してほしいと思います。よろしくお願いします」

と発言すると、大石副会長も、自分もいいすぎた、これからさっそく仮処分の件をトラック協会の弁護士に相談すると弁明し、みんなから拍手をもらった。

方法がなければ代替地というのはひとつの選択肢かもしれない。しかし住民は市の提案に素直に応じる気持ちになれなかったようだ。なんとなくこの提案にも胡散臭《うさんくさ》さを感じたのだろう。

（4）

梅雨の長雨でぬかるんだ泥んこ道を運転して、例のごとく病院に急ぎ、白衣に着替えて皮膚科外来にいくと、待ち構えていた若杉看護師が、菊池記者から何度か電話がありましたと伝えた。昼休み皮膚科外来で待っていると、折り返し連絡してもらった。

菊池記者とは被爆地域指定の説明を受けて以来だから久しぶりだ。

菊池記者はルブルム先生の顔を見るなり、

「先生水臭いですよ。先生の自治会で大騒動が持ちあがっているそうではないですか」

と口を尖らせた。

「先生が反対の会の代表だそうですね」

と若杉看護師までどこで聞いたか口をはさみ、菊池記者の援護射撃をした。

自治会の公園問題が起きて以来、菊池記者の顔が何度か浮かんだが、新聞に書きたてられマスコミで煽られては、市の態度が硬化しまずい結果になりかねないと考え、相談するのをためらってきた。

しかし向こうがキャッチしたのならこれは仕方がない。考えてみれば管財部長も信頼できず市の真意がもうひとつ掴めない現状では、菊池記者に話すいいタイミングかもしれない。

「それは悪かった。ずーっと君のことは頭にあったのだけど、市との交渉を見とどけたいと思ってね」

そう弁解し、改めてこれまでの経過やら自治会の様子やらを詳しく説明した。

菊池記者は市の代替地の提案や市長選絡みの話を興味深そうに聞いていたが、そうですか、分かりました、と頭をぴょこんとさげるや否や、これから市役所にいってきますと走り去った。

「さすが新聞記者さんですね」

若杉看護師は目を丸くしてその後姿をじーっと見送っている。ルブルム先生はその横顔を見て、あれっ、若杉君、菊池記者に気があるのじゃない？　ひょっとしたら菊池君がちょこちょこ皮膚科外来にくるのは若杉君がお目当てじゃないの？　自分は出しに使われていただけかも、と思わず苦笑した。

菊地記者から第一報が入ったのは、自宅で夕食をとっているときだった。

「管財部長に説明を求めたところしどろもどろでした。不思議ですね、どうしてこんなミスをしたのか。裏に何かありそうな気がしますので、もう少し食らいついてみます。いずれにせよ、自治会のほうにはまったく落ち度はないのですから怒って当然です。というより、これは怒らないといけません」

と励ましてくれた。さすがに新聞記者の行動はすばやく、何かつかんだのかもしれない。

私的な用件で君を使って申しわけないと電話口に頭を下げると、

「とんでもない。これは市の団地造成にかかわる自治会との約束事ですから、ちっとも私的な問題ではありません。まして子どもたちにとって公園は大事な遊び場所ですから社会的な意義もあります」

そして明日の朝刊を見てくださいと電話を切った。菊池記者も頑張ってくれそうだ。

翌朝目を覚ますといちばんに新聞受けを覗き、その場で新聞を広げた。

地方版の大きな見出しが目に飛びこんできた。紙面の半分以上使って、大々的に公園の問題が取りあげられている。

まず、大きく横書きで「消えた約束の公園予定地」、さらに縦書きで「説明のないまま売却、市の無責任に住民怒る」と見出しがつき、公園予定地の岩山を市が勝手に民間人に払いさげたことを問題としている。いっぽうで市側の説明としては管財部長の談話が載っている。

「地元の人たちとの間に公園建設の約束があったことはまったく知らなかった。その点では申しわけなく思っている。しかしすでに売買契約もすみ、相手方の解約でもないかぎり用地の買い戻しはむずかしい。法的には問題がないので地元には代替地で我慢してもらうしかない」

一応、陳謝はしているが、市の立場としてはいまになってはどうにもならないし、市に法的な落ち度はないとも釈明していた。

それにたいし公園建設を心待ちにしていた住民のひとりは、

「入居当時、市はすぐにでも公園を造ると約束していたはず。それが売却について話し合いの場さえ持たれず反故《ほご》にされた。子どもの夢を奪った市の責任は重い」

と反論し、山村自治会長は、

「はっきり言って裏切られた気持ちだ。市は私たちとの約束を忘れていたというが、それこそ問題だ。別の公園用地を提示しているが、そんな形では納得できない。あくまで最初の予定地に公園はつくるべきだ」

と、自治会が決めた路線をそのまま主張してくれていた。

ルブルム先生はこの会長談話を読んで、助かった、これで会長も後戻りすることはないだろうと胸をなでおろした。

公園の記事を取りあげているのは一紙だけだったので、菊池記者も面目が立ったにちがいない。

それにしても、これだけの特ダネがすっぱ抜かれると影響は大きく、ほかの新聞社も追従、さらには市議会でも取りあげられ、問題は市政問題へと広がる勢いを見せてきた。激戦と予想されている市長選挙を間近に控えたこの時期だけに、宮沢市長はさすがに苛立ち、管財部長になぜもっと誠意をもって住民と交渉しないのだと叱責したという噂も伝わってきた。

宮沢雄一市長は六十九歳、一期目。長崎市選挙区選出で自民党県議会議員を四期

十六年務め、その間副議長も経験している。絵を描くのが趣味で長崎チャーチル会の会長を務めた文化人でもある。

四選目を目指していた当時の村上務市長に対抗して無所属で立候補して勝利した。すでに今年四月の市議会で三期目の市長選出馬を表明しており、たとえ無所属であってもその経歴から自民党が応援するのは間違いない。

その宮沢市長にたいして出馬が噂されているのが鮫島十郎氏。同じく長崎市選出の県議会議員で五期連続当選の六十一歳。政策的にはリベラルな立場で活動していて無所属。庶民的な人柄で人気がある。

立候補すれば宮沢氏と一対一の激しい選挙戦になるのは必定だ。

当然この公園の問題は鮫島県議の耳に入っているはずだから、宮沢後援会の有力幹部である山村自治会長はいち早く解決させねばならない。代替地で話をつけようと一時動きを見せたのもその辺を物語っているのではなかろうか。

岩山そのものはなぜか松本氏もそのまま放置しているので、梅雨があがって七月に入ると裸にされた岩々の隙間から雑草が生えはじめ、少しずつ青い葉っぱが山を覆いはじめた。さすがにセミがとまるような大きな木は生えてなかったが、団地の周辺からの蝉時雨が岩山も覆い、長崎はまた暑い夏を迎えようとしていた。

その暑さに拍車をかけるように、満を持していた鮫島県議がついに出馬表明をおこなった。

宮沢市政を「優柔不断で官僚的」と批判し、自らは「庶民に開かれた明るい市政」をモットーに、市長選に向けて本格的な後援会活動をスタートさせたのだった。

ここにきていつまでも一自治会の問題に手を焼いていては、現職市長の指導力が問われかねない。いよいよ宮沢市長自身の決断が迫られることになった。

その第一弾というべきか市長が岩山を視察するという通知が長崎市から自治会に届いた。

日時は八月三日月曜日、午前十時。九日の原爆祈念日を控え市長にとって忙しい日時を割いての視察である。

その通知に「岩山を公園にする会」は一躍色めきたった。その視察が公園問題の大きな山場になるであろうということは容易に予測されたからだ。

市長の視察にどう対応するか、会では会合が重ねられ、幾度となく真剣な検討がおこなわれた。

その結果、当日できるだけ多くの住民に岩山に参集してもらい、その場で陳情書を直接市長に手渡す。

ルブルム先生が文案をつくり、山村会長から渡してもらう。それに夏休み期間なので子どもたちにも多数集まってもらい、子どもたちからも市長にお願いをさせる。その指揮は小野子ども会会長が執りおこなう。

あらあらの段取りを決め陳情書も完成した。あとはぶっつけ本番の当日を待つのみになった。

その日は朝から雲ひとつない快晴で、真夏の日差しが強く照りつけていた。午前中から、立っているだけでも汗が噴き出るほどだった。

市長到着予定の午前十時前には自治会の住民が三々五々と、岩山の周辺に集まってきた。それぞれハンカチやタオルで流れ出る汗をふきながら市長の到着を待った。

ルブルム先生も妻と子ども三人、家の前の道路に並んで立った。また山村自治会長は岩山をバックにして帽子もかぶらず、背広にネクタイをつけて緊張したおももちで立っている。三室さんは集まった町内の人たちに囲まれ、これまでの松本氏とのいきさつを根気よく説明していた。子ども会の小野さんが子どもたちをたくさん連れてきた。大石副会長、藤井さんはじめ岩山の周辺の住民もほとんどみんな集まってきて岩山のまわりの狭い道は人でいっぱいになった。

　十時少し過ぎたころ、団地を取りまいている市道から団地内に入る枝道に黒塗りの車が入ってきた。

「きた、きた」

　と声があがった。黒い車は枝道から岩山に通じるさらに細い道に入り、人の間を縫うようにゆっくり走ってきて岩山の前でとまった。

　集まった町民全員の目がその黒い車に注がれた。ほどなく前の席のドアが開き管財部長が現われた。緊張した顔つきで誰にともなく軽く会釈して、後ろの席を見やった。つづいてその後部ドアから、テレビで見慣れた宮沢市長の姿が現れた。小柄な市長は文化人らしい柔和な顔付きをしていて、みんなのほうを向いて笑顔でお辞儀をした。集まった住民からは大きなざわめきと拍手が起こった。

　子どもたちは岩山に登ってはしゃいでいたが、市長のほうを見て山の上からいっせいに「おはようございまーす」と声を揃えて挨拶をした。きっと小野さんの演出だったのにちがいない。その声に市長は驚いたように岩山のほうを振りむいた。集まったたくさんの子どもたちに目をやり「みんな、おはよう」と大きな声で挨拶を返した。

管財部長が市長を岩山のほうに誘導しながらなにやら話しかけ、市長は岩山を指さしながら質問している。

岩山の側までくると山村自治会長が足早に近づいていき、市長の横に並んで団地問題の経過と岩山のいきさつを説明しはじめた。市長はウン、ウンと頷いて聞いていたが、それが終わると山村会長はルブルム先生を手招きし、市長に紹介した。

ルブルム先生は岩山で遊んでいる子どもたちのほうを指さしながら、子どもたちの遊び場を市長は奪わないでくださいと頼み、「岩山を公園にする会」で用意した陳情書を山村会長に差し出した。

会長はその場でそれを広げ住民に聞こえるように大声で読みあげ、それが終わると市長に直接手渡した。市長はルブルム先生の側に並んでいる三人の子どもに気づいたように、お子さんですかとルブルム先生に尋ね、そうですと返事をすると近寄って三人の頭を撫でながら、名前や年齢を訊いた。

ついで岩山の子どもたちのほうを振りむき、笑顔をむけて手をふった。集まった住民はこのときとばかり、口々に「市長さん、公園をお願いします」「約束を守ってください」と大声で訴えた。

宮沢市長はしばらく住民の声に耳を傾けていたが、やがて手でそれを制し、

「この岩山では皆さんに大変ご迷惑をおかけしています。この団地には本当にたくさんの子どもさんがいることが分かりました。いま陳情書もいただき皆さんの要望は十分理解できました。さっそく持ち帰って検討させてもらいます」

と大きな声で応答した。

その声が終わると小野さんが市長に近づいて行き、いっしょに岩山へ登った。山といっても十メートルもないので市長も軽々とあがって、たちまち子どもたちに囲まれてしまった。

山の上で女の子が岩山に生えている小さな花を束にして市長に差しだすと、市長は嬉しそうにその花束を受けとりお礼の言葉をかけた。

市長はしばらく、岩山から団地の景色を眺め、小野さんと話をしていたが、やがて子どもたちの手を取って、用心しながら道路までおりてきた。そこで待ち構えていた管財部長が車のほうに誘導しようと一歩踏み出したとき、

「市長さんもう帰るのですか！」

と大石副会長が大声を張り上げだ。一瞬、激しく鳴いていたセミの声が途絶えたように静かになった。車に乗ろうとしていた市長は瞬間立ちどまり、声のするほうを振りむいた。

大石さんが、

「公園を造るとこの場で約束してください」

と再びでかい声で迫ると、集まった人々からいっせいに拍手が起こった。市長は大石さんのほうを見ながら、横にいた山村会長と言葉を交わしていたが、

「あなたの声は良く聞こえました。陳情書もいただきましたので、持ち帰ってさっそく検討させてもらいます。みなさんの期待にそえるよう、前むきに取りくみます」

と大石さんに負けないくらい声を張りあげて返事した。その言葉が終わるや否や、岩山から子どもたちが、

「市長さん公園をつくってください、お願いします」

と声をそろえた。これも小野さんの演出だろうが、もうひとこえかけようとしていた大石副会長は子どもたちの声に出端をくじかれ、封じられてしまった。

市長は改めてもういちど、子どもたちに機嫌よく手をふり、ようやく車に乗ること

ができた。

「市長、約束を守れ」「公園をつくって」と、怒声とも悲鳴ともつかぬ声が周辺に飛び交うなか、車は岩山を離れていった。

（5）

八月九日は長崎に原爆が落とされた日。例年この日が近づくと国内外の著名な訪問客が祈念病院を訪れ、入院患者を見舞う。

病院の職員はこの日一日その接待に追われ、とくに院長、副院長は彼らを病室に案内し、被爆者の病状を説明させられ、その模様はテレビが追いかけ夕方のニュースで流される。

本番の長崎平和祈念式典は原爆が投下された十一時二分に、天を指さしている北村西望製作の巨大な祈念像をバックに、平和公園で繰り広げられる。この儀式は原爆犠牲者の慰霊と世界平和を祈念して昭和二十三年（一九四八）、当時進駐軍の許しを得て長崎市が主催しておこなわれたのがはじまりである。

それからは毎年、同日同時刻に途切れることなく催され、原爆の悲惨さと世界平和を祈念する言葉が献上されるのが恒例となった。長崎県知事、長崎市長をはじめ、最近は総理大臣、各国大使、国会議員など国内外の多くの来賓が出席する盛大な式典になった。

いっぽう、祈念病院ではこの日も平常通り診療がおこなわれる。ただ午前十一時二分、市のサイレンが原爆投下の時刻を全市に知らせると、病院では職員、患者がその場で黙祷する。その間だけ診療が中断され、入院患者はベッドのうえで手を合わせ原爆の日のできごとを思い浮かべ、核兵器の廃絶と世界平和を祈る。

祈念病院ではこのわずか一分で式典が終わり、職員は平常の勤務に復帰する。

この日、千代田先生から「帰りに家に寄りませんか」と誘いがかかった。いわれてみればあの碁盤開き以来である。自治会で岩山の問題が持ちあがり、その責任者に指名されて、ここ数ヵ月忙しく飛びまわっていて、千代田先生と久しく碁を打つ暇がなかった。

原爆の日は役所やマスコミには忙しい一日だろうが、われわれはきょうぐらいゆっくり休んでも罰は当たらないだろうと、勤務を終えると千代田先生宅にむかった。碁盤開きのときはお世話になりました、と玄関で夫人と挨拶を交わし座敷に通されると、すでに座敷の真んなかにはあの碁盤と碁石がどんと据えてあった。が、その碁盤の横にあの天才少年が座っているのにびっくりした。

「あれから碁盤を使う機会がなくて」

千代田先生は大切そうに布巾で碁盤の表面を拭きながらルブルム先生に、

「高山君、大谷道場に行くことが決まった」

といった。少年の名前は高山直樹というらしい。

「先日、東京の大谷先生のお嬢さんが長崎に来られ試験碁を打たれたのだが、とっても才能があると感心され道場で預かるとおっしゃられた」

と、千代田先生が説明した。

「大谷道場なら日本一だ。それは楽しみだなあ」

少年の実力をよく知っているルブルム先生は、期待で胸を弾ませた。

「それで先生と壮行会をしてあげたいと思い高山君にきてもらった。ご両親は病気のことを心配されていて大谷道場に預けるのをためらっておられたのだが、私とルブルム先生で何とかするからと説得した」

「そうですか、分かりました。神奈川に知り合いの専門医がおりますので、さっそく連絡をとります」

「ぜひ、そうしてくれ。ではその壮行を記念して、きょうは一局ずつ教えてもらうことにしよう」

と千代田先生は少年に声をかけながらきれいに磨き上げた碁盤の前に座った。

夫人がお茶とカステラを運んできて、少年には座布団を三枚重ねて座らせた。

「では私からはじめよう。きょうは互い戦だ」

と、高山少年にいって、千代田先生は碁笥から無造作に白石をつまんで握った。少年は黙って黒石を一個つまんで碁盤の上に置いた。千代田先生の握った石の数が奇数だったら少年の当たりで黒番になるという仕組だ。ただし互い戦だから黒番が六目半のコミを出すことになる。

千代田先生が握っていた白石を碁盤の上に広げ、二個ずつ揃えていくと最後に白石がひとつ残った。その結果、少年の黒番が決まった。

少年が第一石を右上の星に置いていよいよ盤上の戦いがはじまった。盤側でルブルム先生と千代田夫人が観戦している。

千代田先生は久しぶりの碁で、しかも互い戦ということで慎重に構えて打っている。いっぽう、高山少年はいつものように早打ちだ。とにかく早い。布石は互角に見えたが、中盤に入ったところで少年の早打ちにのせられたか、千代田先生の打った一手が大ポカ、あっという間に大石が召し取られ勝負がついてしまった。少年は容赦しない。

残念がる千代田先生に代わって、それじゃあ私が敵《かたき》を、とルブルム先生が少年の前に座り、白石を握ると、これも千代田先生と同様白番になった。

祈念病院の医局で初めて対戦したときは三目置かせての対戦だったが、きょうは互い戦だ。まだ二年もたたないのに、ずいぶん上達したものだ。

相変わらず早い少年の着手に、つられないよう時間をかけてルブルム先生が一手一手打っていると、横で眺めていた千代田先生がまどろこしがって、

「下手の考え休むに似たり」

と間《あい》の手を入れて着手を急かせる。

「さて、さて」

と局面の打開策を考えていると、

「さてとは左の手のことなり」

と半畳《はんじょう》を入れて喜んでいる。少年に勝ってもらいたい気持ちが見えみえだ。

終盤になっても流れは変わらない。細かい碁のように思えるが少年は何の迷いもないように打っている。最後まで打ち終えて数えると白地が十目足りない。コミを差し引くと三目半少年の勝ちである。

「ずいぶん強くなったね」

と少年をほめると、これまで無口だった高山少年が、

「先生も強かったです」

と慰めてくれて、思わず千代田夫妻と大笑いになった。

夫人がカステラを紙に包んで少年に持たせ玄関まで送って行き、ビールと刺身を運んできた。

ふたりになると千代田先生はルブルム先生にビールを注ぎながら、

「予算が半分になり、がんセンターを縮小せざるを得なくなったのを被爆者団体が怒ってね、祈念病院は絶対に国で運営すべきだと激しく主張しはじめたよ」

という。

「あ、それは私の投書のせいですね。まずかったなあ」

と頭をかくと、

「いやそんなことはない。そうなればそれがよい」

「以前、副院長もそんなことをおっしゃられました。そうですか、祈念病院は国立病院への道を進みますか」

「いや、一気にそこまでいくことはない。ただ被爆者団体は本気だ。十二月の長崎県議会に請願書を出すといっている」

「請願書、それは何ですか」

「県民が県政に要望するときの手続きだが、県議会はそれを受けて賛否を表明しなければならない」

「その内容はどんなものですか」

「そのものズバリさ。『祈念病院の国営化に関し決議を求める』というもので、祈念病院を国立病院にするよう県議会に要望している」

「そうなれば祈念病院は助かりますよね。その請願、通りそうですか」

「おそらく満場一致で採択されるだろう」

「それはすごい。そうなれば祈念病院は日赤病院から国立病院だ」

「いや請願が通ったからといってもそこまでの力はない。ただ県議会が採択したわけだから、県議会、長崎県は国、厚生省にその方向で働きかけることになるだろう」

国が祈念病院を運営し直接被爆者医療にあたり、被爆医療の研究と成果を全世界にアピールすることになれば、これは日本にとって大変すばらしいことだ。

「それからもうひとつ、話しておくことがある」

と急に千代田先生は声をひそめた。

「副院長が先日、大学病院で健診を受けられ、喉頭ガンが見つかった」

「えっ」

ルブルム先生は思わず息をのんだ。

「副院長の話では、三ヵ月ぐらい前からタバコの煙に咽《むせ》ぶようになったそうだ。先日、朝食の味噌汁がのどに沁《し》みたので耳鼻科の田川部長に診てもらったら、様子を見ましょうということだったが、二週間してまた同じように沁みたらしい。もういちど診察をお願いしたところ、田川部長は精密検査が必要と大学の吉田教授に紹介され、その結果喉頭ガンと診断されたそうだ」

「それは……」

ルブルム先生は言葉も出ないほどショックをうけた。タバコを好きなのはよく知っていたが、まさか喉頭ガンになるとは。真っ青になったルブルム先生の顔を見て千代田先生はあわてていった。

「でもそんなに心配しなくてもよさそうだ。ガンが初期なので放射線で完治できるという教授の診断だ。副院長は声帯を摘出され声が出なくなることをいちばん心配されておられたが、それも大丈夫ということでホッとされている」

「まったく知りませんで……。ほんとうに驚きました。でも早期でよかった」

「すでにコバルト照射も終了して、いま自宅で養生されておられる。まもなく診療を再開されるというところまで回復された」

ルブルム先生はやっと胸をなでおろした。

「いずれ耳に入ると思うが、先生には早く知らせておいたほうがいいだろうと考えたので……」

「ほんとうにありがとうございます。副院長に礼を失するところでした」

と千代田先生の気配りにお礼を述べた。

平常心を取りもどしたルブルム先生が、

「副院長、ヘビースモーカーでしたから」

とつぶやくと千代田先生が、

「それで娘さんには叱られ奥様には泣かれるで、副院長もこんどばかりは観念して、タバコは止めると約束されたそうだ」

といった。

タバコには青春の思い出がいっぱいつまっていてやめられないと話していた副院長。災い転じて福となることをルブルム先生は心から願った。

「三宅院長が任期を五年に短縮されたので、副院長、運が回って来られたなあと喜んでいた矢先だったので私もヒヤッとした」

千代田先生は大きく息を吐いた。

ルブルム先生は岩山の問題に気を奪われ、副院長のガンにまったく気づかなかった。なんともお詫びのしようがない。それを千代田先生が囲碁にかこつけて、さりげなくルブルム先生に教えてくれたのだと感謝の念でいっぱいになった。

（6）

市長の岩山視察からもう二カ月近くたつ。その間、いまかいまかと連絡を待っているが音沙汰なしがつづいていて、自治会住民はイライラしていた。松本氏もあんなに急いで岩山を伐採しておきながら、その後はなんの動きもみせない。どこかでなにかがおこなわれているに違いないはずだが、それがひとつも表面に出てこないので不気味な気持ちを抱かせる。

十月に入ると長崎の街は、おくんち一色だ。各踊り町は庭見せ、人数揃《にいぞろ》いで出し物を披露し、その見物に市民が多数押しよせ、いやがうえにもおくんちは盛りあがりをみせてきた。

ルブルム先生は中学、高校生時代、諏訪神社近くに住んでいて、おくんちの朝、シャギリの音が聞こえると、朝食も取らずに諏訪神社の踊り場に走った。

いまもシャギリの音が聞こえると心が自然と浮きたってくる。ことしはとくにおくんちの花形である樺島町のコッコデショが七年ぶりに出るとあって、諏訪神社では前売りのさじき券に長い列ができたと報道されていた。

樺島町は父の工場があって、ルブルム先生はここで原爆被爆したのだが、戦後一時期、ここに住んだ経験があり、近くの公園で若者がコッコデショの練習をしているのをよく見にいった。

その長崎くんち中日《なかび》の八日、役所にきてほしいと連絡が市から自治会にとどいた。おくんちは諏訪神社の大祭だが旗日ではないので、市役所は平常通り仕事するそうだ。そういえば祈念病院だって診療はおこなっている。

待ちに待った市からの連絡とはいえ、内容は知らされていないので不安と期待が交錯している。どちらかといえば間違いなく不安が大きい。

指定された八日午後三時、祈念病院の外来診療を終えると急いで市役所に駆けつけた。正面玄関で自治会のメンバーと合流して四階の市長室にあがった。

市長応接室に案内されると、自治会役員は管財部長をはじめとする市の職員とテーブルを挟んで座った。みんな緊張していて無口で腰をおろしている。

　しばらく待つと隣接の市長室の扉が開いて市長が姿を見せた。市長は立ちあがった自治会メンバーに会釈しながら向かい側の中央の椅子に座った。市長とは二ヵ月前、岩山で会って以来だ。

　皆が座るのを待って管財部長が口を開いた。

「皆さんには岩山の問題で大変ご心配をおかけしましたが、このたび市の方針が決まりましたので市長から報告いたします」

　これを受けて宮沢市長が立ちあがった。

　自治会の役員が期待と不安で固唾を呑んで見つめると、市長はメンバーを見渡しながら、

「長いあいだ皆さんにはご迷惑をおかけました。私も岩山視察のあと、ぜひ公園化したいと考えを固めていたのですが、なにせ相手があってのことで、その調整に手間どりました。またその間、話が漏れるとどこから邪魔が入るか分からないので厳しくかん口令を敷いてきました。したがって皆さんをずいぶんやきもきさせたと思いますが、これも公園を実現させるための手段だったとご了解ください。おかげでこのたび、やっと話がまとまりましたので皆さんにおいでいただきました。

結論からいいますと岩山は当初の計画通り公園にすることに決めました。松本さんから了解を取りつけるのに時間がかかりましたが、最終的には松本さんも快く協力してくれることになりました。自治会の皆さんには長いあいだ約束を反故にして申し訳ありませんでした。そこでこの際、そのお詫びも兼ねて公園は今年度中には起工式を執りおこなうという方向で進めさせています」

市長はこう言葉を結んで着席した。

自治会のメンバーはどんな説明があるのか一言一句聞き洩らさないよう耳を傾けていたが、それぞれの顔がみるみる喜びの表情に変わっていった。

山村自治会長がさっと立ちあがると市長のほうを向いて高揚した声で、

「ただいまの市長の説明は我々自治会にとってこのうえないありがたい言葉としてお聞きしました。自治会を代表してお礼を申しあげます。もういちど確認させていただきますが、あの岩山は市が買いもどし今年度中に公園の起工もするということでよろしゅうございますか」

と念を押した。

市長は笑顔で、

「そのとおりで結構です。山村自治会長さんには長いあいだ大変ご心配をおかけました」

とねぎらうと、会長はたちまち潤んだ眼になり、顔を真っ赤にしてさっと市長の手を堅く握りしめた。自治会のメンバーもそれを見習って立ちあがり、お礼の言葉を発しながら市長と握手を交わした。

管財部長が初めて自治会にきて説明したときの姿勢からすれば考えられない展開に、自治会役員は着席してからも興奮冷めやらず喜びの声を交わしていた。市長の説明は百パーセント自治会の希望をかなえている。

突然そんななかから大石副会長がスッと立ちあがった。

「市長、ただいまのご英断、われわれにとっては、たとえようもないほどありがたい決定で、このようにみんな夢かとばかり喜んでいます。ただ市長の言葉を疑う気持ちは毛頭ありませんが、私は人一倍心配性なので市長が只今おっしゃられたことを文章にしていただけないものでしょうか、お願いいたします」

と大声で発言した。市長は怪訝そうに顔を山村会長に向けた。会長は、

「なにを馬鹿なことをいっているのだ。市長がわざわざみんなを呼んでこうして明言

してくれたのだから、それ以上のことは必要ない」

と憤りを現わにし大石さんを睨みつけた。自治会役員も会長の言葉に、そうだ、そんなものは必要ない、と賛同の声をあげた。

市の職員も困った表情を露骨にあらわした。

ルブルム先生は大石さんの言葉を聞いて一瞬安藤教授の念書の件が頭に浮かんだ。たしかに文書は後に残るから役に立つかもしれない。しかしこの場でそれを要求するとは……。そんな勇気は自分にはない。

市長はその騒ぎを黙って見守っていたが、やおら口を開いた。

「大石さんとおっしゃいましたね。確かにこれまでの経過からすれば皆さんが市に不信感を持つのも当然かもしれません。分かりました。ではいま私が発言した主旨を文章にして自治会にお渡ししましょう」

と大石さんに笑顔で返事し、管財部長にその旨を指示した。

大石さんはみんなから非難の目を向けられ、またいい過ぎたかと反省していたところに、逆に市長から同意され言葉を詰まらせてしまった。そして市長に、すみません、すみませんと何回も目を真っ赤にして礼を述べた。

長いあいだ待たされたが、急転直下あっけにとられるように岩山の問題は決着がついた。岩山は取りもどしたうえ、今年度中に公園の工事を始めるというおまけまでついた。

自治会役員の誰もが、岩山を公園にすると頑張っていたが、内心成算があったわけではない。それだけに、それが実現すると決まったのは大きな喜びだった。

当初あれだけ強硬姿勢を示していた市が百八十度方針を変えたのはどうしてだろう、という疑問は残ったが、それはこの最高の結果を前にしてどうでもいいことだった。

翌日おくんちの後日《あとび》、九日は好天に恵まれた。史上最高の人出を見せて三日間を締めくくったが、ルブルム先生の自治会は市長の談話が町民に伝わり、おくんちが延長したかのような騒ぎになった。

さっそく会長宅で住民総会が開かれた。山村自治会長から正式に市の決定が伝えられると、ワッと歓声が部屋中に響き盛大な拍手がしばらく鳴り止まなかった。みんな握手を交わしたり抱き合ったりして喜びを分かちあった。

大石副会長は山村会長の前にいき、私も宮沢市長を応援しますとしっかり手を握り合った。その光景は大石副会長の発言に、文章を書きましょうと笑顔で応じた宮沢市長の忍耐が報いられた一瞬だった。

(7)

夏のあいだ、湿疹、水虫などで賑わった祈念病院皮膚科も、落ちついたいつもの診療にもどった。

菊池記者も原爆取材が一段落し、大忙しの日々から解放されたらしい。久しぶりにのんびりと姿を見せた。

「君のおかげで公園ができそうだ。ありがとう」

と、さっそく礼を述べると、

「私も特ダネを書かせてもらいました。こちらからもお礼を申します。ほんとうによかったですね」

菊池記者はさわやかな声で相槌をうった。

「とにかく家の前に工場ができないのは助かった」

ルブルム先生が本音を漏らすと、

「音がうるさいし、車がしょっちゅう出入りすると子どもさんたちも危ないですよね」

「市長の視察から二カ月間、まったくなしのつぶてだったのには随分ヤキモキさせられたな」

「そうでしょう、私も先生から電話をいただいていろいろ探ってみたのでしたが、今回はずいぶん口が堅かったです」

「それにしても市長は、よくあんな結論を出してくれたものだと感謝している」

「あそこまで持っていくのにずいぶん苦労されたのではないでしょうか」

「私もそうと思うな。しかしあの管財部長はいただけなかったなあ、地元住民を無視して」

「そうですか。でも市長が管財部長に岩山の売買を早くから指示していたという噂もあるのですよ」

「そんなことはないだろう。管財部長は市長から激しく叱責されたというから」

「でも私はありうると思います」

「そんなうがった見方をするのがマスコミ人の悪い癖だ」

「そうでしょうか。でもこのくらいの案件になると部長の一存では決められないと思いますよ」

「そうだろうか」

「岩山の問題は、もともと市が松本氏の土地を間違って道路に組み入れたことが発端ですよね」

「そう聞いた」

「その凡ミスを松本氏に指摘されて、市はその分の土地を売ってくれるよう交渉したが松本氏は応じなかった」

「したたかだからなあ」

「市が手をこまぬいて困っていたとき、逆に松本氏が岩山の話を持ち出してきた」

「すっかり松本氏に足元を見られたということか」

「私が調べていたら、なんとあの岩山はもともと松本氏の持ち物だったのですよ」

菊池記者は意外な情報を伝えた。

「えっ、それは初耳だ。元は自分の土地だったの？」

「そうなのです。団地造成時に松本氏が市に売った一部です」

「売ったものを何でまた欲しくなったのだろう」

「あの岩山がそのまま残っていたのを知っていたからでしょうね。周辺に宅地ができて飛ぶように高い値段で売れるのを見て、あの岩山を宅地にすればひと儲けできると思いついたのではないですか」

「身体障害者用の木工場を造るというのは口実だったというわけだな」

「松本氏にすれば道路の問題は飛び込んできた獲物に見えたことでしょうね。これを人質にとって市を攻めた。でも、私が松本氏にもっとも感心したのは市長選を上手に絡ませたところですね。いち早く松本グループの推薦状を宮沢後援会にとどけた。市長選は激戦が予想されているだけに、従業員、入所者で五百人、家族も含めると結構な数字になる」

「なるほど。よく頭が回るものだ」

「いっぽうでは市の失政をしつこく指摘し、他方で選挙を応援する」

「アメとムチだ。完全に松本ペースじゃないか」

「あの人たちにとって金儲けのためには当たり前のことでしょうがね」

「それなら、そんなにまでして手に入れた土地をどうして市に返したのだろう」

「そこです。いみじくも先生たちが待たされてイライラしていた時間。市と松本氏は必死に攻めぎ合いを演じていたのではないでしょうか」

「松本にすれば、金になる土地を手に入れてしまっているのだから返すことはないはずだ」

「そこに市長選が絡んでくるのです」

「うーん？　よく分からんな」

「松本氏は宮沢後援会に推薦状をとどけた。宮沢市長も岩山の話をのみ売買を了解した。管財部長もその線で話を進めた。ところがその後宮沢後援会に怪文書が送られてきた。松本氏自ら対抗馬の鮫島氏を自分の会社や施設に連れて回っているという。後援会がそんな馬鹿な、と思いながらも当たってみるとどうやら事実らしい」

「二股かけたということか」

「鮫島県議も保育園を経営していて、松本氏とは古くからの付きあいということも分かってきた。それも県議選の初出馬から応援していたというから筋金入りだ」

「しかし、それがばれたからといっても、岩山はすでに売買が終了しているのだから手遅れだろう。松本の勝ちは動かないはずだ」

「確かにそうですね。しかし宮沢市長にすれば、土地をだましとられ、自治会からは激しい反感を買い、議会とマスコミからは市政で追求され、おかげで選挙も危なくなった。松本氏には恨み骨髄だ」

「選挙の恨みほど恐ろしいものはないか」

「文化人で穏健といわれる宮沢市長もさすがに怒った。かねてからとかくの噂がある松本氏だから身辺を洗いざらい調べさせた。その結果、面白いことが分かった」

「なんだ、面白いこととは」

「昨年、松本氏が福祉施設を増築したとき、特定の業者に落札させたという内部告発書が市にとどいていたのを見つけ出した」

「施設の増築は公金が入っているから入札に厳しい制約がある」

「松本氏もそれは知っているから表向きは数社の見積もりを取っていたが、本命は事前に決定していて業者に同意させていた」

「そんなことは建設業界では珍しいことではないだろう。よくマスコミで暴かれているじゃないの」

「市長はその内部告発書を徹底的に調べさせ、業者から不正の確証をつかんだ」

「市長のリベンジだな」

「正式に調査委員会がつくられて告発されては、松本氏も福祉法人の理事長を取りあげられかねない」

「なるほど、それで松本も泣く泣く市の要望を受け入れたというわけか」

「その駆け引き、腹の探り合いで二カ月の時間がかかったと私は見ています」

「そうか、そうなると最終的には市長の勝ちか」

「松本氏は儲け損なったばかりでなく、岩山の伐採に三日間もかけていますから、その経費も大きいでしょう」

「貪《むさぼ》れば勝ちを得ず、だ」

ルブルム先生は得意の囲碁の格言を持ちだした。

「しかし市は買いもどしたとき、いくらか上乗せすることで折り合ったかも知れません」

「それはできないだろう。同じ土地の売買だから買値も売値もいっしょのはずだ」

「それがそうとも言えないのですよ。たとえば松本氏が岩山を売ったとき地目は山林で、市が買い戻したときを宅地で評価すれば相当の差が出せます」

「そんなことできるの」

「さあどうでしょうか。あくまでも私の憶測です」

「そうなれば痛みわけか。まさに魑魅魍魎《ちみもうりょう》、奇奇怪怪だね。じゃあ菊池君に尋ねるが、仮に市長選が来年でなく、あるいは強力な対立候補が出なかったら、岩山はどうなっていた？」

「そうですね、公園でもなく木工所でもなく宅地ができていた可能性が高かったかもしれませんね」

それを聞いてルブルム先生は天を仰いだ。

団地に公園を、と熱望する自治会と、市長の子どもに寄せる思いがひとつになって岩山は公園になったと信じていたのだが、菊池記者の話なら、その動機は選挙にあったということになる。

あの岩山で市長が子どもたちと手を握り合った光景は何だったのだろう。あのとき、市長と子どもたちの心が通じ合って公園ができあがったのではなかったのか。

ルブルム先生はそう信じたかった。

(8)

まさに、ちょうどこの年のこの時期、中央政財界で大事件が勃発していた。そしてその事件はルブルム先生の人生を大きく変えるきっかけになった。

ロッキード疑獄。

全日空の次期主力旅客機がダグラス社の「DC10」型機に内定していたのを、ロッキード社が自社の「トライスター」に変更させるべく日本の政財界に働きかけ、工作料として巨額の賄賂をわたしたのが露見し、事件の全容がつぎつぎに暴かれはじめた。

暴露される報道は、すべてが信じられない情報の連続だった。

ロッキード社は販売代理店、商社丸紅を経由して日本政府関係者に数億円を贈賄し、さらに裏の代理人として大物フィクサー児玉誉士夫を立て二十一億円を支払った。この丸紅ルート、児玉ルートから、ときの総理大臣田中角栄氏に五億円がわたったとの報道がなされると、国民はいっそう大きな衝撃を受けた。

ルブルム先生もまず五億円という金額を聞いて仰天した。当時の金銭感覚で五億円という額はもはや天文学的数字と思える金額で、感覚的にはお金と言うより∞（無限大）という数字に近いものだった。そのような大金が日本の政財界に動いていたという事実、これにも驚かされた。

これらの工作は功を奏したのか、全日空は突然ダグラス社ＤＣ10型機からロッキード社のトライスターに決定し直した。

いっぽう、事件の進展とともに政財界の大物がぞくぞくと逮捕されだした。財界から丸紅の社長以下役員、社員。さらには全日空の社長、役員及び社員。ついで右翼の大物児玉誉士夫、政商小佐野賢治なども相ついで逮捕され、政界からも運輸政務次官、元運輸大臣も逮捕、ついには現職総理大臣田中角栄が受託収賄罪と外為法違反の容疑で逮捕されるに至った。

マスコミは連日、この疑獄を追いかけ、報道を競い合い国民の関心を煽った。このロッキード事件とタイミングを合わせるように、雑誌「文芸春秋」十一月号に長崎市生まれの評論家立花隆氏の、「田中角栄の研究」と題した政財界の金と権力を暴いたレポートが載った。

このレポートはロッキード事件に直接触れてないが、企業と政治家間の金の動きを克明にしかも具体的にあぶり出していて、いやがうえにも国民は政治家と金の深い関係に目をむけた。

ルブルム先生もこのレポートで政治家の金銭の裏取引の実態を教えられ、ロッキード事件と重ね合わせて興奮冷めやらなかった。


「驚いたなあ、ロッキード事件」

病院に顔を出した菊池記者を捕まえてさっそく質問を浴びせた。

「驚きましたか」

と菊池記者。

「驚いたというようなものではないよ、ショックだよ、大ショック。まず五億円という金額」

「角栄にわたったという金額ですね」

「ほんとうだろうか」

「おそらくほんとうでしょう。でもこの事件で動いた金はもっともっと大きくて、おそらくその何倍もあるのではないでしょうか」

「驚かさないでくれよ。そんな話を聞くと気が狂いそうだ。そもそも、たったひとりの人間に五億円もの金をやるものだろうか。また、たったひとりの人間が五億円という金をもらえるものだろうか」

「たしかに庶民には想像つかないですよね」

「分からないことはもっとある。飛行機メーカーが飛行機を売るのにどうしてそんな大きな金を政治家や財界人にばら撒くのだろうか。だって飛行機の機種を決めるのは購入する航空会社の権限だろう、その航空会社が性能を見極めて機種を決定して飛行機メーカーから買えばいいだけじゃないか」

「それはその通りですね。しかし一機何十億円もする飛行機をまとめて買うとなると、そう建前通りにはいかないのでしょう」

「しかしたとえ総理に多額の金をわたして働きかけてもらったとしても、その金は無駄金になる恐れが多分にあるだろう。いくら競争が激しいからといってそんな成功するかしないか分からない博打《ばくち》のような工作に、五億円という大金をポンと投げ出すものだろうか」

「五億円、五億円と驚いていますが、そもそも先生の金銭感覚とロッキード社のそれとは桁が幾つかちがうのではないですか。ロッキード社だってそれだけの金額を動かすわけですから、当然徹底して検討したはずですよ。その結果それしか逆転のチャンスはないと考えたか、あるいはそれがもっとも有効と判断したのか、そこは当事者の決断でしょう」

「そうはいってても考えてもみたまえ。総理が直接全日空の社長に働きかけたとしても社長ひとりで機種を決定するわけはないだろう。全日空では委員会や役員会などで調査研究し、いろんな角度から検討して最終的に機種を決定するはずだよ。それを外部からたとえ総理大臣がロッキードに決めよと圧力をかけてもどうしようもないと私は思うがね」

「しかし実際はそうなったのですから。政治家がどのように働きかけ、どのような手順で機種を逆転させたか。そこが知りたいですね」

「それを明らかにするのが君たちの仕事だろう」

「先生にいわれなくてもどの社も血眼になって取り組んでいますよ。しかし外部からの取材には限界があります」

「だったら君らは何をしているのだ」

「もちろん真実を懸命に追究しています。だけど当事者にしか分からない闇もあります」

「君にしてはえらく弱気だな」

「もちろんわたしたちは真実に一歩でも近づくように努力していますが。たとえば自治会の岩山の件だってそうでしょう。私も懸命に取材しましたが、にもかかわらず市長と松本氏との間には二人しか知りえないできごとがあったはずです。ロッキード事件だって裁判になれば、裁判官は自分が知り得た証拠を積み重ね判決を出すのであって、実際には裁判官でも知りえない奥深い真実は存在すると思いますよ」

「君の意見に従えば、一自治会の小さな問題から世界を揺るがすロッキード事件まで、結局真実はすべて闇のなかと聞こえるがそれは尋常でないな」

「当事者が本当に真実を告白すれば別ですが、外からの取材には限界があるといっているのです」

「君、君たちマスコミ人がそんなことといっては駄目だよ。私はロッキード事件で新しい事実が報道されるたびに真実が遠のいていく気がしてしかたがないのだ。先日もテレビで評論家が五億円の受けわたしはなかったとか、この事件の狙いは田中角栄追い落としのアメリカの謀略だとか、なにか事件の原点にまでさかのぼって、事件そのものがでっち上げのような話をしていた。マスコミはなにを考え、なにを報道したいのかさっぱり分からない」

「金を受け取ったとされている角栄氏の秘書が、受け渡された時間には他の場所に居たとか、アメリカがいうことを聞かない田中角栄を見限って罠をかけたとか。スパイ映画もどきな話ですね。取材すればするほど逆に闇が深くなることもあります。この話だって百パーセント嘘だとはいい切れないでしょう」

「マスコミ人がそんなことといったら終わりだ。君たちには真実を追求し国民に伝える義務と責任がある」

ルブルム先生のロッキード事件にたいする思い入れには並々ならぬものを感じさせるが、なにがそんなに関心持たせるのだろう。興味本位の範疇を超えていると菊池記者は考えた。

「先生はそんなにこの事件の真実を知りたいですか」

「ああ、誰でもそうだろう。真実はなにか、政財界の闇の奥ではどんなことがおこなわれているのか。なんとしてでも知りたいものだ」

「なぜですか、先生の仕事とはなにも関わりがないでしょう」

と菊池記者が不思議そうに問うと、

「そんなことではない、これは正義の問題だ」

とルブルム先生は興奮したかのように大声を上げた。

「正義ですか」

「そう、不正が闇から闇におこなわれているのを黙って見ていては世の中の正義に反する。それは私の正義感が許さない。君もそう思わないか」

「正義を追求するのは人間社会を維持するうえで欠くべからざるものと私も思いますよ。だからわれわれもそれに向かって総力を挙げています。しかし何度もいいますように、当事者でなければ知りえない究極の真実があるというのも厳然とした事実と思いませんか」

「そんなことをいっているから、世の中から正義が失われ闇の世界がはびこるようになるのだ」

菊池記者はルブルム先生の正義論を持てあまし気味になった。

現実をまったく無視して、ただ理想を追求しているのにすぎないのではないか。

少し考えていたが、やがて突き放すように言った。

「真実、真実と、真実を追求するのが正義だと先生は何度もおっしゃっていますが、そんなにも当事者しか知りえない真実を知りたいと思うのなら、方法はひとつあります」

ルブルム先生はその言葉に飛びついた。

「なんだ、それは。ぜひ教えてくれ」

「簡単です。その当事者になることです」

「当事者になる……」

「当事者以外の者の外からの取材では推測の域を越えることはできません」

菊池記者は門外漢なら門外漢としてその範囲で関心を持つべきだと、暗にルブルム先生を諭して議論を打ち切ろうとした。

ルブルム先生はしばらく沈黙していたが、

「よし分かった。じゃあ政治の闇を知るためには政治家になればいいということだな」

と意を決したようにいい放った。

菊地記者も、横で聞いていた若杉看護師もびっくりしてルブルム先生の顔を見つめた。菊地記者は自分の言葉に対する反応に驚いて、

「先生は簡単にいいますが、こればかりは無理ですよ」

とあわてて反対した。

「なぜだ」

「だって先生は医師でしょう。しかも祈念病院の皮膚科を背負って診療しておられる」

「それは辞める」

「簡単に辞めるといってもあとはどうなるのですか、患者さんはどうするのですか。無責任ではないですか。それに政治家になるには選挙で当選しなければならないのですよ。その組織もないし、金もないでしょう」

「そんなものは絶対に必要とは限らない」

「先生みたいに思いつきで政治家になれるのなら誰でもなりますよ」

「選挙だってやってみないと分からないじゃないか」

「なにもそこまで自分を追い込まなくてもいいじゃないですか。先生とロッキード事件とはなんの関係もないのですから」

ルブルム先生の反応がどうも本気のようなので、菊池記者は心配になって説得にかかった。

「では知りたいという気持ちはどうする。正義はどうなる。みんな目をつむるのか。政治の世界でどんな人物がどんな動きをしてどんな風に物事を決めているのか、君は知りたくないのか」

「もちろん私も知りたいですから私のできる範囲で懸命に情報を収集しています」

「しかし、それには限界があると君自身さっきいったじゃないか。だから私は政治家になろうと決意した」

「先生、もっと現実を見てくださいよ。自分が決心したからといって世の中はその通りには動いてくれませんよ」

菊池記者は幕引きのつもりで漏らした言葉が、ルブルム先生をあらぬ方向に走らせているような気持ちになって引きとめに必死になった。が、頑として応じてくれないルブルム先生にすっかり手を焼いて救いを求めるように若杉看護師の顔を見やった。

ふたりのやりとりを黙って聞いていた若杉看護師は、

「先生、まるでドン・キホーテみたい」

と、ぽつりといった。

第三章

レクイエム

(1)

ルブルム先生の脳裏に一枚の挿絵《さしえ》が浮かんで消えた。

ヨーロッパの牧歌的な風景、大きな風車が回っていてひとりの騎士が馬上に槍を構え、その風車に向かって遮二無二に突進している。

なにを意味しているのか、さっぱり分からないが説明はこうだ。

騎士道華やかなりし十九世紀、スペイン、ラ・マンチャ地方の郷士ドン・キホーテは、騎士道物語を読みすぎ、現実と物語との区別がつかなくなり、みずからを伝説の騎士と思いこんでしまった。痩せこけた馬のロシナンテにまたがり、従者サンチョ・パンサを引きつれて世の不正を糺《ただ》す遍歴の旅に出る。

ドン・キホーテは行く先々で奇行を繰りかえすが、風車をドラゴンと思いこみ全力で突撃し、吹き飛ばされて野原を転げまわる——、と。

世界で聖書についで読まれているというスペインの作家ミゲル・デ・セルバンテスの小説「ドン・キホーテ」の挿絵。

ルブルム先生がロッキード疑獄を菊池記者と論議している途中、突然正義感に触発され、真相追及のため政治家になるといい放った姿は、風車に突進するドン・キホーテを若杉君に彷彿させた。

政治とはなにか、選挙はいったいなにをどうすればいいのか、ひとつも分かっていないのに、もう政治家に挑戦する気になってしまって、菊池記者が懸命に引きとめようとするのだが、ルブルム先生にもどる気は毛頭ない。

ルブルム先生の友人に小川桂一君という小学校の同級生がいる。

彼は小学校時代ガキ大将で、成人になってからも地域の若者たちとグループをつくっていろんな青年活動をしていた。ルブルム先生とは性格はまるで正反対なのだが、家も近くだったのでなんとなくウマがあい、小学校卒業後も学校は違っても仲よく行き来していた。

選挙応援の経験もあるようなので、とりあえず彼に相談をしてみた。すると意外にも話に乗ってきて、さっそく若い連中を二十名ほど集め、有志会という会を組織し、みずからその会の会長になってくれた。

彼によれば、市議会議員選挙は血縁、地縁が細かくこみいっているが、その点県議選のほうが選挙はやりやすいと県議選に出馬することを勧めた。

県議会には被爆者団体から祈念病院国営化の請願が出され、被爆者援護の陳情もしばしばおこなわれていたので、ではそれでいこうと決めた。

つぎに祈念病院の千代田先生にこの相談をもっていった、話を聞くなり千代田先生はびっくりしたようにルブルム先生の顔をまじまじと見つめた。

正義のため祈念病院皮膚科部長を投げうってまでという動機がどうにも理解できないらしく、千代田先生も若杉君同様ルブルム先生がドン・キホーテに見えたかもしれない。すぐに千代田先生から日高副院長に連絡が行き、副院長に面会すると、

「祈念病院は赤十字だから政治的には中立だ。病院の中で選挙運動するのはまかりならないし、もし当選したなら即刻病院は辞めてもらうことになる」

と厳しく引導を渡された。

しかしいい出したら引かないルブルム先生なので、とうとう最後には副院長も根負けして、

「選挙のことなら市医師会の城山会長や被爆者友の会の片岡会長などに相談してみたらどうか」

とも助言してくれた。

ルブルム先生はさっそく城山長崎市医師会長を診療所に訪ねた。

城山外科医院は市内中心部にあって、コンクリート三階建ての堂々たるビルだが、よく見ると表面的な見栄えとは裏腹に、ひび割れなどの老朽化があちこちに現れている。通された院長室も名ばかりで、六畳ほどの板張りの狭い部屋に木製の古い机があり、そのうえに書類や医学雑誌が乱雑に置かれ、周囲の壁には本がうず高く積まれていた。病院をかまっていない様子がそこから十分にうかがえた。

ルブルム先生が、出された古ぼけた丸椅子に座って政治家を目指したいので協力を、とお願いすると、白衣姿の城山会長は、

「最近医療も政治に左右されることが多くなってきた。したがって医療の専門家が政治の場に進出するのは大変いいことだ。だから君の勇気は買いたい。だが、会員にまだその状況が十分浸透していないから時期的には早いかもしれないな。いずれにせよ選挙は大変だよ。金もかかるし人もいる。もちろん体力がなくてはやれない。それら

をもういちどよく検討してみなさい」

と、じんわりけん制された。

いっぽう、被爆者友の会の片岡会長はみずから病院にルブルム先生を訪ねてこられた。

被爆者友の会はいくつかある被爆者団体のなかで県下最大の会員を有しており、被爆者援護のために活発な活動をつづけてきた。

祈念病院にたいしても病院が被爆者以外の診療に応じているのに反発し、祈念病院は被爆者のために設立されたものだから、対象は被爆者のみにすべきだと病院側と激しく渡りあっていた。

それはそれで正論なのだろうが、病院側からすれば独立採算制の元ではその理屈は理想にすぎず、非被爆者の患者が半数近く占めている現状では経営上耐えられないのである。

病院側は、来院した病人を非被爆者という理由で診療を拒否することは、医道にそぐわないと片岡会長に反論し、その議論は現在も平行線のままだった。

片岡会長は、病院の赤字は国有化で解決すべきだと主張するのだが、それができないから病院は苦労しているのだ。

ただ会長は瀧澤院長とはそりが合わなかったが、日高副院長とは心が通じていた。

片岡会長はルブルム先生に、

「先生は祈念病院の運営にかねてから熱心だと副院長からお聞きしていました。また先生自身被爆者でもあり被爆者医療にも精通しておられるということなので、われわれ被爆者の要求を実現させるため、先生を次期県議選の候補として推薦することにしました」

と被爆者友の会の推薦状を手渡してくれた。

なにせ選挙の推薦状をもらうなんてことははじめてなので、その素早い行動に驚くと同時に大変感激させられた。

片岡会長はさらに、当選してもらうため推薦状だけでなく会の選挙担当を先生につけますと、同行した浦川清一郎という副会長を引きあわせてくれた。

人のよさそうな五十年配の小柄な人物で、選挙は相当のベテランらしい。

その浦川氏にルブルム先生が、

「私は選挙にはまったくの素人なので一から教えてください」

とお願いすると、

「じゃあさっそく、友の会の支部を回りましょうか。選挙は顔と名前を売ることにつきますから」

と翌日から土日には連れだって各支部訪問を開始した。

行く先々で被爆者医療、祈念病院の運営など会員と話しあうなかにお互い親しみが湧いて、帰るときには頑張ってくださいとみんなが握手してくれた。

なるほど選挙はこんなことからはじめるのかと、要領を初めて味わった。

選挙運動をはじめてみると、法律上やたらと問題がある。選挙運動が自由にできるのは選挙の公示後、県議選でいえばわずか十二日間だけと決められている。しかしたった十二日間で長崎市内の有権者に自分の考えを知ってもらうのはいくらなんでも不可能だ。

そこで考え出されたのが後援会という組織だ。

名前と顔を売るため、芸能人同様の後援会をつくり、有権者に後援会員になってもらう。後援会では候補者の経歴、人柄、主義主張などを広報するが、選挙の投票を依頼することはしないので選挙違反には当たらない。

だからどの候補者も選挙公示日までは後援会活動で自分をＰＲし、後援会会員を増やすことに血道をあげる。選挙運動が許される選挙期間に入るや否や集めた後援会員に投票をお願いする。

ただし選挙期間中は逆に後援会活動が禁止されるので、後援会活動と選挙運動をきちんと区別しておかなければならない。

選挙運動はどこまでが違反か違反でないか分かりづらく、法律の解釈との戦いでもある。

現職はすでに後援会をもっているから活動を熱心につづけているが、新人は後援会づくりからはじめなければならない。ルブルム先生もルブルム後援会づくりをはじめた。

まず後援会は候補者の人となりを広く紹介するのが目的であるから、まず周知のためのパンフレットをつくる。

ルブルム先生も見よう見まねで以下のようなパンフレットの原案を考えてみた。

まず公約、

一、真の被爆者医療、福祉を実現する

一、長崎にこども病院を創る
一、長崎県の乳幼児医療を無料化する
信条として、
一、正義と誠実を貫く
一、開かれた政治、納得できる政治を目指す
一、口舌の徒でなく実践と行動に撤する
スローガンは、
　健康な県づくり
　人に愛、美しい自然、県政に新風
とし、
　最後に座右の言葉
　若さ、情熱、正義感
これでどうだろうと浦川氏に見せると、浦川氏はさっと目を通して、
「これでは面白くもなんともないから、きっとだれも読まないでしょう」
と苦笑された。

さっそく浦川氏は市民に親しまれている長崎の知名人にルブルム先生の推薦を依頼し、集まった十六人の文章でルブルム先生のつくった公約、信条を囲み、表紙を郷土画家の中島川の切り絵で飾った。その表紙にスローガンの「人に愛、美しい自然、県政に新風」をさりげなく挿入した。

できあがったパンフレットを見せてもらってルブルム先生は、なるほどこれならぐんと親しみが増すなあ、とすっかり感心させられた。

その推薦文に日高副院長もつぎのような言葉を寄稿してくれた。

〈当病院にがん治療センターを設立したときは、東奔西走、ルブルム君がこんなにバイタリティーがあるとは正直思わなかった。ABCC、祈念病院と十数年原爆一本に研究、診療し、その分野では第一人者といっても過言ではない。被爆者団体がこぞって推薦してくれたのも当然であろう。祈念病院もいろいろ問題を抱えているが、その問題点をくまなく知り尽くしているルブルム君にかける期待は大きい〉

またよく通った碁会所、好棋園席主岡村四十一氏の推薦文もある。

〈いつだったか県囲碁選手権戦で、一段ながら四、五段を棒に倒したのが印象に残っている。先生は何とも魅力を持った人で、家内とも彼を政治に出すのはもったいない

と話しています。よい世の中をつくるためには先生のような人に頑張ってもらわねばならないのでしょうが……〉

ほめ言葉には顔が赤くなるが、選挙のパンフレットはおおよそ結婚式の祝辞と同じと思ってもらえばよいのだろう。ただ他人が自分のどこをどう見ているのかは、意外と本人は気がつかないもので、それぞれの推薦文を読むと参考になるところがあった。

選挙の公示日までは後援会会員獲得が選挙の大命題と分かって、母親に感謝することがひとつあった。母はルブルム先生を可愛がっていて手元にずっと置いていたので、幼稚園から大学まで自宅からの通学で、おかげで市内に同窓生、同級生が多く、彼らが後援会活動に気持ちよく協力してくれるのだった。

親の心がいまありがたい結果となった。

後援会もそれなりにできあがり、支援者もそこそこできて、ルブルム先生には選挙のさまになってきたように思えたが、菊池記者にいわせると全然駄目ということで、いまだに選挙に出るのを引き止めようとしていた。

「本当に選挙するのですか」

「君はまだそんなことをいっているのか」

「それにしてはのんびりしすぎていませんか」

「君にはそう見えるか。僕はそれなりに一生懸命やっているよ。支援者も増えてきた」

「いったい先生は選挙が分かっているのですか。いいですか、県議会議員選挙に当選するには一万の票が必要なのですよ。一万票」

「分かっている」

「分かっていませんよ。たとえばですね、先生は地元自治会が推薦してくれたと喜んでいましたね。それはありがいことですが、先生の自治会は大体二百所帯。とすれば町内の有権者数が四百。県議選は三十人近く立候補するようですから、三十分の一とすれば先生の票は十三票ちょっと。まあ地元が推薦してくれているのだから仮に十人にひとりが先生に入れてくれたとしましょう。それでもたった四十票ですよ。当選するにはその二百五十倍以上の票がいるのです。それが一万票なのです」

「分かっている。有志会も小川君の力で若手にもどんどん広がってきて、後援会員も五千名超えた」

「たしかにそれはプラスでしょう。では五千のうちどれだけが先生の票になると思いますか」

「五千だろう」

「先生はそんな考えだから駄目なのです。後援会員には義理で入った人、本人の了承を取ってない人、もっとひどいのは名簿や電話帳から写しただけの人などが混じっているのですよ。そんなのは票にはなりませんよ」

「そんなのもあるのか」

「だからいまの五千では千五百票入ればいいほうでしょう。これでは市議会議員にも当選しません。ほかの候補者を見てください。すでに街の真ん中に事務所を構えて、情報収集やＰＲに躍起になって取りくんでいて、候補者本人も各会社、組織を連日熱心に訪問して回っていますよ。お尋ねしますが先生の事務所はどこにあるのです」

「そんなものは必要ない。第一そんな金はない」

「滅茶苦茶ですよ。それでは選挙になりません」

「祈念病院も告示日まで休まないつもりだ」

「驚いたなあ、天から票が降ってくるとでも思っているのですか」

「菊池君こそ年の割には考え方が古いのじゃないの。選挙は事務所やＰＲではない。誠心誠意だ」

「そんな抽象論では票は動きません。そういう精神論だから日本は戦争に負けたのではないですか」

「やっぱり君は古いな。あの戦争は軍の暴走で、国民への誠心がなかったから敗れたのだ」

「まあ、たとえが悪かったかもしれませんが、やっぱり精神論だけでは無理ですよ」

「君は私の後援会を知らないから悲観的に考えているのだろう。これからだんだん盛りあがってくるぞ」

と、ルブルム先生が大見得を切ると、菊池記者はとても構っていられないと若杉君に苦笑いして帰っていった。

たしかにいまの状況は菊池記者のいうのが正しい判断なのだろうが、その懸念がまったく通じないのは、ルブルム先生が選挙をぜんぜん理解していないためだ。

ではこの時期、長崎県議会議員選挙の動きはどんな状況なのか。

県議会は五十四議席。そのなかで長崎市選挙区は定数十五。議席数は県下でいちばん多いが、その十五議席に十五名の現職が全員出馬を表明。さらに新人、元職十四名が挑むと予想されている。新人には元市議会議長、市議、政治家二世、団体の長などそうそうたるメンバーが顔をそろえ、戦後最大の激戦と評判だった。

ルブルム先生はそんな状況を一顧だにせず、ただ自分の正義感からだけで手をあげているのだから、菊池記者が止めさせようとするのは至極当然だ。

ただルブルム先生も一応自分なりの選挙戦略は考えていた。

いまの立候補予定者を見ればおそらくルブルム先生は唯一の被爆者であり、唯一の医師になるはずである。だからそれを最大活用する。

被爆者へは、ＡＢＣＣ、祈念病院と被爆者診療を長年つづけてきているので、その道の専門家であり自身も被爆者だと周知できれば、被爆者は近親感がわき票に結びつくだろう。祈念病院での被爆者診療を選挙告示日までつづけると公言しているのもその線上のつもりなのだ。

もうひとつの、医師への戦術はどうか。じつはこれがなかなかむずかしいのだった。なぜなら同じ医師でありながらも、医療、保険制度が開業医と勤務医ではかならずしも利害が一致していないからである。勤務医に厚い医療制度になれば開業医は薄くなるし、逆もまたそうなる。そこにどうしても隘路《あいろ》があって、その溝を埋めなければ同じ医師といっても開業医がすんなりと選挙の協力を受け入れてくれそうもない。

これをどうすれば解決できるか。

いくら考えても道はただひとつしかない。

個々の開業医と直接膝を交えて意見を交換し、医師全体の向上を目指していることを理解してもらうことだ。

――困難であってもそれしか道はない――。

ルブルム先生はそう結論づけるとすぐさまその実行にかかった。

医師会員名簿をみると、市内の開業医は四百三十八病医院、地域ごとに二十九班に組織されていて、一班ほぼ十五病医院で構成されている。

やるからにはこの四百三十八病医院、一軒残らず回る。たとえ他候補の近親者、支援者などはっきり協力を得られないと分かっていても、決して例外はつくらない。その覚悟で名簿にしたがって班ごとに病医院を回りはじめた。

訪問するまでは開業医との面識は、祈念病院でのつながり、保険医総辞退時の活動などでけっこうあるつもりだったが、実際に回ってみると初対面の医師が圧倒的に多く、やはり四百三十八軒は大きいと知らされた。

ちょうどその時期、城山市医師会長からこんな連絡が届いた。

「市医師連盟で君の推薦を話題にしてみたところ意外に反対意見が多かった。その理由だが、現在の選挙状況では君が勝てそうにもなく、医師連盟で推薦した場合、連盟の権威失墜を招きかねないという慎重論、B会員(勤務医)である君がA会員(開業医)のあいだで知られていないということも根っこにある」

というご意見だった。

医師会の選挙といえば、日本医師会は参議院議員選挙で毎回全国区に身内候補を擁立、組織を挙げていつも上位当選を果たしており、日本労働組合総評議会(総評)と並び称されるほど国政選挙では高く評価されていた。

しかし地方選挙ではそもそも医師が地方議員に立候補することが稀で、医師の親族が出馬したとき個人的に応援するのがみられるぐらいで、地方の医師会が組織的に応援することはまずなかったから、当然の反応にちがいない。

その後もルブルム先生は自分で決めた戦略どおり、ただもくもくと開業医回りに精を出しつづけた。

受付で名刺を出し先生に面会したいとお願いすると、選挙に出ようとしているのはどんな男かと興味を持ってくれる医師、診療の邪魔だから早く帰ってほしいという医師、まったく政治や選挙には関心のないというノンポリ医師など、対応はさまざまだった。

あからさまに金を要求されてびっくりしたこともあった。四百三十八軒中たったひとり、はじめ冗談かと適当に相槌をうっていたが、どうやら本気なのである。医師にもそんなさもしい人間がいるのかと驚いたが、話しているうちにどうやら金そのものが欲しいのではなく、選挙とはそういうものだと頭から頑固に思いこんでおられるようだった。そういう地方もむかしはあったらしいが、いまでもそういう人が、しかも医師のなかにいるなんて、世間はなんと広いものか。

活動をこの医療機関回り一本に絞りこんでいたので、暮れまでの三カ月をかけ、市内四百三十八病医院をまがりなりにも全部回り切った。

（2）

選挙をする者にとっては師走から正月にかけては大忙しになる。忘年会、新年会は顔を売るのに絶好の機会で、候補者によってはこのときとばかり一日六つ、七つかけもちする人もいる。

それにたいしルブルム先生はこの時期がとってもつらかった。

秋の冷たい風が吹きはじめると必ず風邪にかかるのである。そしてそれは暖かくなる翌年の春まで終わらない。

セキ、クシャミから全身倦怠感、あわせて頭の回転も鈍くなり、口内炎、口唇ヘルペスなどの感染合併症、ついで引き起こす耳管炎は聴力を著しく低下させ生活上大きな支障になる。そして最後は腰痛で朝の洗顔もつらくなり、ついには立つことも困難になる。

このサイクルが毎年間違いなくくりかえされるのである。

インターン時代腎炎を患い、十一ヵ月の間大学病院に入院し生死をさまよった経験があるだけに、風邪が腎炎再発の引き金になるのをルブルム先生は知っている。

そのためこのサイクルを断ち切ろうと予防、治療をずいぶん試みた。うがい、手洗いの励行、睡眠、栄養など日常できることはもちろん、体調が比較的良好な夏場に体力をつけようと、水泳、山登り、フィットネスなど涙ぐましい努力を試みた。が、いずれもむなしい結果に終わった。抗ヒスタミン剤、抗生物質などの薬品も試みてみたが、副作用でかえって体調が悪くなる始末だった。

いまでは自分の遺伝子が原爆放射能によって変異をきたし、風邪体質になってしまっているのだと自分にいい聞かせ、風邪と戦うのをすっかり諦めてしまった。

冬ごもりの虫が土の中でじーっと啓蟄《けいちつ》の春をまつように、ルブルム先生も風邪サイクルの期間すべての活動を最低限に抑え、ただただ春がくれるのをまつ方針に切りかえた。

ちょうどこの風邪サイクルの時期が選挙の大事な終盤と重なるのである。それが腎炎を再発させないかとルブルム先生は内心たいへん怖いのである。

それならなにも選挙などしないで、これまでどおり祈念病院の診療をつづければそれでいいじゃないかと思うのだが、やりだしたらどうしてもやり通さないと収まらない難儀な性格なのである。

口内炎ができると話すのも飲食するのも苦痛、夜の宴会は尿で蛋白をチェックしながら出席するありさまで、これではほかの候補者と差がつくばかり。

こんなこともあった。

有志会のメンバーがルブルム先生をアピールしようと、クリスマスチャリティバザーを計画してくれたのだが、肝心の本人は腰痛で動くことができず自宅で寝こんでしまい、せっかくの会を本人不在の情けないものにしてしまった。

そんな心配を胸に抱きながら、それでもルブルム先生は自分が決めた戦略は忠実に守り、年明けから二回目の開業医回りを開始した。それは当選を目指してというより、かたくなに自分との約束を果たすためといった面が強い。

菊池記者はルブルム先生を選挙に出馬させた責任を感じているのか、あるいは若杉君が目当てなのか、ちょくちょく皮膚科外来に姿を見せて選挙の情報を入れてくれる。

さすがにもう選挙にでるのを引きとめることは諦めたようだが、相変わらず辛口だけは健在であった。

「祈念病院の青年医師ということで名前はすこし売れてきているようですが」

「そう、それはよかった」

「先生はそれだから駄目なのです。名前が知られてもそれが票に結びつくかどうかは別問題です」

「でも一歩前進だ」

「それに現職は全員出るのですよ。現職だから当然先生以上に名前は売れているし、その現職が大きな事務所を中心部に構えて活発に運動しているのですよ。先生と比べると動きがまるでウサギとカメぐらい違います」

「でも最後にはカメが勝つのだろう」

「それは童話の世界です。選挙はとにかく票の多いほうが勝ちなのです」

「それはそうだ、分かっている。そうか名前が売れてきたか、それはありがたい。年が明けたからあと三カ月。一生懸命頑張るぞ」

「意気込みはよいですが、先生はいつまで祈念病院の診察をつづけるのですか」

「祈念病院は告示の日までつづけるといっているじゃないか。被爆者の診療は票にも役立つ」

「被爆者や医師会も大切でしょうが、農業とか水産業とか商業とか選挙に強い組織はほかにも幾つもあるのですよ。診察する時間があればそんなところを回ったらどうですか」

「私はそんな団体よりも患者を診療していたほうがよほど票になると思っている。もし時間があれば歯科医師会、薬剤師会、看護協会など医療関係先の団体を回りたい」

「それは先生が単に医療制度に関心を持っているというだけで、選挙の票とはなんら関係ないことでしょう」

「いいや、このほうが票になるはずだ」

と、ルブルム先生はあくまでも菊池記者に逆らった。

「いまはそんな時期ではないでしょう。票になるところはどこでも回ってかき集めなければ」

菊池記者がじれったそうにいった。若杉看護師が横から、

「先生はあまのじゃくですから。他の候補が回るところは回りたくないのですよね」

と口をはさむと、

「看護師さんたちはどう？」

と、その若杉君に菊池記者が問うた。

「病院の看護師さんは結構応援していますよ」

若杉君が自信ありげに返事するので、

「どうして？」

菊池記者が不思議そうに尋ねた。

「だって同じ病院に勤めているじゃないですか」

と若杉君が答える。

「連帯意識があるのだなあ」

菊池記者が感心すると、

「当たり前でしょう」

と若杉君から厳しく叱られた。

「先生、いい看護師さんをもって幸せですね」

菊池記者は照れ隠しに若杉君を持ちあげたが、いまの状況が選挙になってないのがどうして分からないのかと、もどかしげに帰っていった。

そんなころ、城山会長から二度目の連絡があった。

「君が医師会員を回っているという情報があちこちから入ってくる。会った医師は、人間は悪くないようだし医療制度にも結構詳しいようだと、評判は悪くない」

と開業医の反応を伝えてくれた。

「祈念病院の青年医師というイメージは悪くないから、浮動票や被爆者の票がいくらか入るだろうと私も思う。しかしそれだけでは当選ラインにはとてもとどかない。これからの課題は君の誠意と行動力を市民に認めてもらい、いかに票に結びつけていくかだ。とにかくしっかりがんばりなさい」

と激励された。

ルブルム先生は病院回りがそれなりに一定の効果をあげていることを知らされ、いまやっている二回目の病院回りの大きな励みになった。

そんなある日被爆者友の会の浦川氏が血相を変えて後援会に駆けこんできた。

「片岡会長が今朝の支部長会で突然、先生の推薦を取り消し今後は金田卓志ひとりを会は応援する、と発言された。私はびっくりして、すでにルブルム先生と各支部を回りお披露目も終わっているのに、いったい私はどうすればいいのですかと質問したところ、君も金田をやってくれと会長にいわれ、それはできませんときっぱり断りました。いまひっくり返ったら私の信用はがた落ちになります」

と声を震わせた。

金田氏というのは現職国会議員の二世で、三十になったばかりの有力な新人候補だ。そんな馬鹿な話があるかと、ルブルム先生は片岡会長に裏切られたと菊池記者にぶちまけた。

「金田候補本人がこれまで被爆者友の会と直接関係があったとは思えませんが、友の会は国会陳情などの折、父親の代議士に世話になっているのではないですか。だから代議士から頼まれれば嫌とはいえないのでしょう」

「それにしてもいまごろそんなことを決めるなんて非常識にもほどがある。それなら追加推薦ということにすればいいじゃないか。わざわざ私の推薦を取り消すことなんて」

「いやー、さすが片岡会長らしいですね。あがりそうもない先生をこの際すっぱり切って、金田一本で推薦すれば代議士に大きな貸しができるじゃないですか。そのほうがこれからの友の会の活動によほど役にたつと踏んだのでしょう。いずれにせよそんなことは選挙にはつきもので、裏切りだなんだと騒ぐ先生のほうが笑われますよ」と、菊池記者はこともなげに突き放した。

ルブルム先生にすれば、県議候補としての推薦状を真っ先にとどけてくれたのが片岡会長で、感激ひとしおなものがあっただけに、選挙の強烈な洗礼をうけた思いだった。

二月の第一日曜日の朝十時、自治会の岩山周辺は老若男女で埋め尽くされていた。昨年十月宮沢市長が約束した公園の起工式がついに執りおこなわれることになったのだ。紆余曲折があったけれども自治会の結束のおかげでいよいよ公園ができる。

喜んだ自治会の山村会長はじめ、大石副会長、三室、藤井、小野さんなど自治会の役員、子どもを連れたお母さん、お父さんなど自治会総出でこの日を迎えた。

この式には市長みずから出席し鍬入れの儀式をおこない、簡単にお祝いの言葉を述べた。集まった住民が大きな拍手でこたえた。山村会長が自治会を代表してお礼の言葉を述べ堅く市長の手を握った。

市長は「これでこの岩山も見納めです。まもなく公園に変わります。岩山の最後を皆さん一緒に写真に収めましょう」と声をかけ、集まった住民や子どもたちと何枚も何枚も写真を撮った。ちゃっかり選挙運動をやっているのだが、これが現職の強みなのだろうか。ルブルム先生は羨ましく思った。

長崎市医師会から三度目の連絡があった。今回は事務局からで、医師連盟長崎市支部執行委員会がつぎの木曜日に開催されるので必ず出席するようにという。医師連盟というのは医師会と裏表一体で、政治、選挙を取り仕切っている。委員数四十名、執行委員はほとんど市医師会代議員の兼務である。

時間を見計らって会館に到着し三階の会議室に上ると事務員から、呼ばれるまで待つようにと廊下に椅子をあてがわれた。

長崎市医師会館はあの古い建物から、昨年新地町に移転して新築の立派な五階建ての会館になっていた。

どうやら会議は県議選の候補としてルブルム先生を推薦するかどうか議論がおこなわれているらしい。喧々諤々《けんけんごうごう》長時間かかるだろうと腰をすえて待っていると意外と早く会議は終わり、ルブルム先生は事務員から会場に案内された。

部屋に入ると、そうそうたる医師会の先生方が会場に着席しているのが見える。名前までは定かに覚えていないが、ほとんどの顔に見覚えがあるのは病医院回りのおかげだ。

あてがわれた椅子に座ると、長崎市医師連盟の城山執行委員長が演壇に立ち、ルブルム先生が呼ばれた。

そこで城山会長が、県議会議員候補として市医師連盟で推薦する、と推薦状を読みあげられ拍手のなかでルブルム先生はうやうやしく受けとった。

思わぬ進行にドギマギしながら、

「ありがとうございます。こんな嬉しいことはありません。推薦していただきましたからには医師連盟の名を汚さないよう、全力でがんばります」

と、突然の推薦状にどう喜びを表現すればいいのか分からないまま、謝辞と決意を述べた。

城山委員長が再びマイクを取った。

「医師連盟が推薦した以上、ルブルム君にはいまの言葉通りなにがなんでも当選してもらわねばならないが、今回の県会議員選挙は大変な激戦だ。ルブルム君には失礼だが今の状況では当選はむずかしい。私はせっかく医師が政治の場に出ようとしているのだから力になれたらと考えたがなかなかいい手だては見つからない。残念ながら見限らざるを得ないかと気持ちが傾いたとき、ふと診療報酬総辞退の場面が頭に浮かんだ。会員のご夫人がたが市場でビラを配り親しく説明している場面。そうだ、この選挙にあの女性パワーを活用できたらどうだろう。当選の可能性が生じないだろうか、と」

それにしてもどうして城山会長がそこまでルブルム先生を引き立ててくれるのだろうか。

親友の日高副院長の後押しもあり、真っ直なルブルム先生に好感を持って何とかしてやりたいという気持ちはあるが、推薦した挙句惨敗でもすれば市医師会が世間に恥をかき、会長の立場も危うくなる。

そのジレンマで苦吟《くぎん》していたときだった。ふと総辞退の折、市場でビラを配っている医師会のご夫人たちの姿が会長の頭を過《よ》ぎった。

とっさにひらめいた。

そうだ、これに賭けてみようか。

青春時代ラグビーの試合で、激しいタックルをかわし、敵陣の鉄壁に見えたブロックの一瞬の隙をとらえ、ゴールを割ってボールを押さえたときの快感がよみがえった。まさにルブルム先生が知る由もないところで、ワンチャンスが生まれたのだった。城山会長はいったん決断すると行動は迅速だった。直ちに市医師会に夫人部を立ちあげ、医師連盟と同時に市医師会夫人部の推薦を取りつけたのだった。

みずからはルブルム後援会の会長に就任、まさに背水の陣を敷いた。

長崎市医師会は班ごとに選挙の責任者を決め、班ごとに本気で後援会員集めを開始した。四百三十八病医院は大きい。それに加えて医師会夫人部の動きも相まって、ここ終盤の終盤に来てルブルム後援会は強力に動き出した。

ただ、すでに戦いは大詰めである。これからで間にあうのかどうか。

選挙が近づき公示二週間前に、地元紙で県議選の予想が取りあげられた。それによれば長崎市選挙区では二十九人の立候補予定者の出馬はすべて間違いないとし、うち十八人を有力候補として紹介した。

残念ながらそのなかにルブルム先生の名前はなかった。

(3)

四月一日は県議会議員の選挙告示日。

長崎県では県知事選はなく、統一地方選挙前半に県議会選挙のみが実施された。ルブルム先生は予定通り祈念病院の診療を前日までおこない、十二日間の選挙期間を大学から派遣されている医師にお願いし、病院の休暇を取った。これで選挙戦に臨む準備はすべて整った。

出馬を予想された二十九人が県庁でいっせいに立候補の手つづきをすませ、長崎県議会議員選挙戦の火ぶたが切って落とされた。

選挙ポスターがにぎにぎしく市中に張り出され、選挙カーがいっせいに街に飛びだした。

ポスターで若さを強調したい新人候補者は年齢を大きく載せ、ルブルム先生のポスターにも年齢が書きこまれていた。

誕生日が四月五日なので、珍しいことに告示日は三十七歳、投票日は三十八歳、どちらを書くのが正しいのか。

選挙戦に入るといろんな準備がいるものだ。選挙カーは十二日間で全市をくまなく効率的に回らなければならないから、市内の地理や道路に詳しい運転手がいる。選挙カーでマイクを握るウグイス嬢も、道行く人に上手に声をかけられるよう訓練しなければならない。すぐにのどが嗄《か》れるので常時五、六人は必要だ。

選挙カーは午後八時までだが、もちろんその後も選挙運動はつづく。地域ごとに毎日数ヵ所で集会を開き、その地域の有力者に推薦弁士になってもらい顔を広めていく。その会場づくり、弁士や来賓の手配、確保などもたいへんな仕事である。運動員の食事も用意しなければならないので、毎日事務所で炊き出しをしてもらえるご婦人方の手配もいる。

選挙事務所はほとんどみんなボランティアで成り立っている。事務、会計、接待、渉外などチームとしてこなしていくが、友人、知人、医師会、婦人会、地元自治会など各種団体、組織の支持者が頻繁に事務所に出入りし、それぞれ情報を持ちこみ意見がまとまらないことも多々ある。

この選挙は自分がいい出したことであるから他人には迷惑かけず、ひとりできちんとやるつもりでいたが、それはまったくルブルム先生のひとりよがりだった。

たしかに選挙は候補者に左右されるものだろうが、候補者と支援者、事務所が一体となって戦わなければとても選挙にならない。そのことが痛いほど分かった。

集会では、つとめて健康と医療の話にしぼった。集まった人は県政のむずかしいテーマより、身近な健康の話に関心をもってくれると考えたからで、さりげなくルブルム先生が医師であることをアピールできる。応援弁士も地区の医師に務めてもらい気楽に質疑応答ができるようにし、このような集会にしてはめずらしく活気があった。

四月十三日日曜日、投票日。

この日は早朝から選挙カーが迎えに来ることもなく、久しぶりに自宅でゆっくりとくつろげた。なによりこの選挙運動中、風邪サイクルで会合を直前に欠席して迷惑をかけたことはあったが、幸い腎炎は再発せず、選挙戦が無事終了したことが正直いちばん嬉しかった。

開票日当日、選挙事務所が狭いということで城山会長が急きょ市医師会館内に会場をセットしてくれた。

一階のフロアに三十を超える椅子が並べられ、その前に大型のテレビが二台据えられていた。壁には選挙管理委員会が発表する得票を書きこむ大きな用紙が貼ってあり、お茶のポットとお茶菓子も準備されていた。

泣いても笑っても今日選挙の審判はくだるのである。

午後八時前から城山会長をはじめ市医師会の幹部の先生、職員、有志会のメンバー、自治会の原副会長、小野子ども会会長などなど、後援会の幹部、友人、知人が会場に集まってきた。

ルブルム先生もみんなといっしょに八時前から最前列の椅子に座って開票をまった。

長崎市選挙区の投票率が七十六・二五％で前回を六％も上回ったと、テレビが選管の発表を伝え、この選挙への長崎市民の関心の高さがうかがわれるなどと解説していた。

投票時間が終わって市内の投票箱がすべて市民会館に集められた。いよいよ長崎市の開票作業がはじまる。

テレビはどの局も選挙特集を組んでいた。

八時半、第一回選管発表。開票率一パーセントなので各候補の得票もまだ少なく、ゼロ票もあったがルブルム先生は五百票と、十人並んだトップグループに入っていた。画面を食い入るように見つめていた支援者から、ヨシッ、という掛け声があがり拍手があった。つぎの開票までの三十分間、その票をめぐって講釈が飛び交いざわついたが、五百という票が出たので明るい雰囲気になった。

そのあと三十分ごとに選管から開票発表があり、それにつれて各候補の得票数も増えていき、候補者間の票差がしだいに広がっていった。

ルブルム票は発表ごとに順調な伸びを示し、終始トップグループから外れることはなかった。票の出方から当選できそうだという雰囲気が徐々に醸し出されてきて、集まった全員が当選、と出るのをいまかいまかと期待してテレビを見つめるようになった。

十時の選管発表で、ルブルム先生と金田候補の得票が八千票を越え、ついにその数字の上に待ちに待った当確の二文字が打たれた。

その瞬間みんな総立ちになり、室内は歓声と拍手に包まれ、だれ彼となく握手を交わし喜びを表してまわった。

後援会の主だった人たちが演壇にあがった。

その中心は城山後援会長とルブルム先生で、両人がしっかりと握手を交わし、城山会長の音頭による万歳三唱が部屋じゅうに響きわたった。テレビ、カメラがなだれこんできて、その光景を競って取材した。

ルブルム先生の得票はその後も順調に伸び、最後までトップ争いを演じたが、最終的に一万一千六百八十六票を獲得、二十九人中、金田卓志氏についで第二位という堂々たる成績で当選が決まった。

開票作業は夜中午前一時まで疑問票を含めてつづけられたが、現職十五名中九名が落選するという前代未聞の現職に厳しい結果になった。逆に上位はすべて二十代、三十代の若い新人で占められ、有権者がこの選挙で新しい政治を求めているのが如実に示された。

ルブルム先生も時代の流れに乗って幸運をつかんだといえよう。しかし勝因はなんといっても城山会長が最終盤にルブルム推薦を決断し、長崎市医師連盟を強烈に動かしてくれたのが第一だ。もしそれがなかったら若杉君の言葉のように、いまごろはドン・キホーテさながら選挙の風に吹き飛ばされ、地面を転げ回っていたにちがいない。

県下各地の開票も順調に進み、長崎市の十五名を含む八市七十一町村から、五十四名の新しい長崎県議会議員が誕生した。

若手の進出が県下でも目覚ましいなか、ルブルム先生はただひとりの医系議員で、長崎県の医療福祉行政に専門家として県民の期待を担って登場することになった。

こうしてはじめての選挙は終わった。

ルブルム先生はお世話になった方々にお礼のあいさつ回りをはじめたが、祈念病院に行くときには副院長に申しわたされていたことを覚えていたので、懐に辞表を忍ばせて行った。

自分で車を動かすのも久しぶりで、道行く人とすれ違うと思わず手を振ろうとしてルブルム先生はひとり苦笑いした。選挙カーでの十二日間がまだ身体に沁みついている。

祈念病院の玄関に入ると十数日間休んだだけだったが、病院の空気が懐かしい。一階で事務職員に顔を合わせるとみんな笑顔を向け、おめでとうございますと声をかけてくれた。

二階の皮膚科外来に白衣姿でなく、ネクタイに背広で顔を出したものだから受付の峰さんが目を丸くし、慌てて若杉看護師を呼んだ。若杉君はルブルム先生の日焼けした顔を見ると一瞬表情を変えて涙を流した。きっと陰で懸命に応援してくれていたのだろう、その涙にルブルム先生の胸は熱くなった。

小児科で千代田先生に会うと、興奮冷めやらないように迎えてくれた。そしてその足でふたりして副院長室に急いだ。

副院長は久しぶりだったが、血色もよく完全に元の仕事に復帰されたようだ。

「ずいぶん焼けたなあ。でも元気そうでなによりだ。君ならとことんやると信じていたが。とにかくよかった」

と、しっかり手を握ってくれた。

「副院長もすっかりよくなられてうれしいです。選挙の後援会報には推薦の言葉をいただき助かりました」

と、お礼を述べると、

「城山君も大変喜んでいたよ、ずいぶん頑張っていたからなあ」

といわれルブルム先生は、

「本当に城山先生にはお世話になりました。城山先生がおられなかったらこの選挙は間違いなく惨敗でした」

と改めて城山先生への感謝の念を述べた。

「城山君も君の考えや行動が真っすぐなのがとても気に入っていたようだ」

「光栄です」

「しかしただ真っすぐなだけでは選挙は戦えないと彼はずいぶん悩んでいた」

「私のひとりよがりで、この選挙ではずいぶん反省させられました」

「城山君のラガー精神に火がついたのが君の勝因かな」

「保険医総辞退で城山会長に面識ができたのが幸いでした」

「そうだな、人生なにが役に立つかわからないものだ。議員となったのだから今度は政治家として被爆者のためにがんがんやってくれ。俺もどんどん注文するぞ」

と最後は副院長らしく被爆者の話になったが、一瞬笑みを浮かべ、

「君の予告通りタバコにやられたよ」

と、少し照れた声でいった。

「まさかそんな若さでガンにかかるとは。本当に私も驚きました」

「俺もすっかり甘えていて。天罰だなあ」

副院長は心からそう思ったらしい。

「でも早期で何よりでした」

とルブルム先生が慰めると、

「声を失って被爆者を診れなくなった人生を思うと、なんともいえない暗澹たる気持ちになった」

と当時を振り返えられた。

「放射線で完治できると診断されたときは安堵されたでしょう」

「声は大丈夫だから、といわれて本心ホッとした。でもコバルト照射もたいへんなものだった。セキ、タンが止まらないうえに、咽頭痛が激しくて。ボルタレンを飲みながらやっと食事を流しこむような日々がづいて、もうやめてくれと何度頼もうとしたことか。いま振り返ればよく我慢できたものだ」

「放射能治療は楽と思っていましたが、そんなにつらかったですか」

「俺も患者にいままでそう説明してきたが、反省しきりだ」

「でもうタバコはこりごりでしょう」

「それはそうだ。家内には泣かれるし、娘には叱られるし、散々だ」

タバコは終戦直後の唯一の楽しみで、青春時代の思い出がいっぱいつまっているのでやめられない、と語っていた副院長。

「当たり前ですよ。どれだけご家族は心配されたことか、私までつらい気持ちでした」

千代田先生の言葉には怒りがこもっていた。

部屋を辞するときルブルム先生は用意してきた辞表を副院長にさし出したが、副院長は後任の問題もあるので自分が預かっておくと、机の引出しにしまった。

引きつづき統一地方選挙の後半戦の注目の的、長崎市長選は四月二十七日に投票がおこなわれた。

県下八市長選挙でも最大の激戦の様相で、マスコミも最後まで優劣をつけ得なかった。

山村自治会長はもちろん、鮫島候補にはまっていた大石副会長も自治会の集会で宮沢市長を熱心に応援していた。

ルブルム先生も岩山を公園にと決定した宮沢市長の決断が、どのくらいの票に結びつくのかと関心をもって開票を見つめていたが、

結果は、

宮沢雄一　　十万七千百七票
鮫島十郎　　八万六千四百六十四票

接戦だったが、宮沢市長が鮫島候補に二万票あまりの差をつけて勝利した。

マスコミは、現職の強みと組織力が勝因と総括したが、接戦とはいえ予想以上に票差が開いたのは、公園問題が地元住民だけでなく市内の子どもをもった親たちにアピールしたのではないか、とルブルム先生は独自に分析した。

（4）

自然界は桜が散ってツツジが花を開き百日紅《さるすべり》が芽を出しはじめ、いい季節が巡って

きた。ルブルム先生の風邪サイクルも終わりの時期に入ったようだ。

よくぞ倒れないでここまでこぎつけることができたと、あらためて神に感謝した。

政界も全国津々浦々の統一地方選挙が終わり、新しい選良が決まり活動がはじまった。全国でも長崎県同様若い人の進出が顕著だった。

五月十日、改選後初の臨時長崎県議会が招集された。

会期はわずか一日間。

正、副議長、常任委員会、特別委員会の委員長、委員など新しい議会の構成を決める。

今回の統一地方選挙の結果、長崎県議会五十四議席中、自民党は二十八議席と過半数を占め、正、副議長を独占、委員長ポスト九つのうち六ポストを獲得、完全に議会の主導権を握った。

ルブルム先生はこの日、生まれて初めて県庁の門をくぐった。待ちうけていたテレビのフラッシュを浴び、議員としてのスタートがいよいよはじまった。

午前十時本会議が長老議員を仮議長にして開催された。まず議席の決定をおこない、議会の構成を決めるべく休憩に入った。ルブルム先生の議席は最前列で、二十七番の名札が立っていた。

再開までしばらく時間がかかりそうなので、その間を利用して二階の知事室に挨拶に出向くことにした。

中尾寛一現知事は五島出身で、県議会議長から参議院議員を経て知事に就任、現在二期目である。

大柄で赤ら顔に笑みをいっぱい浮かべ、柔和な目でルブルム先生を迎えてくれた。

「長崎市は最大の激戦だったから大変だっただろう、しかも立派な成績で当選したのだからたいしたものだ、おめでとう」

と機嫌よく話しかけてくれた。

「これからは君たち若い者の時代だ。いみじくも今度の選挙がそれを教えてくれた。ちょうどいい機会だからこの際私からひとつ君に注文をつけておこう。本会議の質疑応答は議会の華でなければならない。華にするには君たちが魂の入った質問をすることだ。それは理事者が顔を真っ赤にして答弁するような厳しい質問だ。理事者の機嫌を取るようなおべんちゃら質問をする議員がいるが、これは本当に聞き苦しい。君たち若い者にはそんな真似をしてもらいたくない。県民のためになることなら理事者の意に反してでも堂々と質問することだ」

とエールを送ってくれた。

利益誘導のための卑屈なというのがおべんちゃらの意味ならば、よほどそんな質問に食傷されておられるのだろうか。ルブルム先生にはそのおべんちゃらという言葉が印象に残った。

この日祈念病院の千代田先生から連絡があった。皮膚科医の後任が決まったので辞表の日付は五月三十一日になるという。これで祈念病院とも正式にお別れだ。副院長、千代田先生、若杉看護師等々の顔が浮かんでは消え、懐かしさとさみしさが入り混じった。

まさにルブルム先生の職場は祈念病院から県庁へ移り、仕事の中味も大きく変わった。

本格的な県議会、定例県議会は六月十三日から会期十六日間ではじまった。

これもはじめての経験である。

その初日の自民党代表質問で、被爆者と祈念病院に関する質問通告が出ているのを知った。ちょっと意外な気持ちだったが、どんな質問でどんな答弁があるのか、ルブルム先生はその一字一句聞きもらすまいと最前列で耳を立てた。

質問は、

《一、被爆三十周年を期して現在の被爆対策措置法を改め、国家補償の精神に基づく援護法の実現を図るべきと思うがどうか。

二、赤字累積に悩んでいる祈念病院の医療と研究体制を充実強化するため、祈念病院を国家的体制に改めるか、または国に抜本的な助成措置を実現させるよう、県民運動を強力に推進すべきと思うがどうか》

という内容で、まさに現在の被爆者行政の核心をついている。興味津々《きょうみしんしん》答弁を待った。

中尾知事は、

「先般参議院の社会労働委員会が来県された折、私は原爆問題で意見を述べたが、第一に遺族を含めた援護措置を講ずべきこと、第二に祈念病院を国営化すること、それができなければ一億数千万円の赤字は国が面倒みるべきである、と申しあげた。なお近くその趣旨で広島県といっしょに政府、国会に陳情することになっている」

と答弁された。

この年は被爆三十周年に当たり、自民党としても原爆を無視できなかったのだろうが、初日の自民党代表質問で取りあげられたことに敬意を表し、ルブルム先生は質問者に向かって惜しみない拍手を送った。

三カ月後の九月議会、こんなに早く回ってくると思っていなかったが、ルブルム先生も本議会質問をさせてもらえることに決まった。

記念すべき県議会初質問である。

何を質すべきかずいぶん考えたが、やはり専門の医療福祉をテーマにすることにした。

このころ全国で救急患者のたらい回しが頻発していて、いくつもの病院で受診が拒否され、救急車が搬送先を見つけることができなくて立ち往生するという、痛ましい事件が続発して大きな社会問題になっていた。

「本県は県立病院五つを持っていながら、いずれも特殊病院で救急病院はひとつもなく、また救急告示病院が県内で三十三ヵ所指定されているのに県立病院は一カ所も指定されていません。本県は救急医療に取り組む姿勢にまったく欠けているといわれても仕方がないのではないか」

と、救急医療に対する県の関心の薄さを指摘した。

これに中尾知事は、

「つとめて県立病院を救急医療に活用していきたい」

と、簡単に答弁し、保健部長に後を託した。

「来年は国の救急医療への補助も増額され、救急病院の整備の助成もなされるとのことであるので、漸次整備していきたい。とくに本県は離島へき地を抱えており、自衛隊の協力を得てヘリコプターによる搬送などをおこなっていますが、さらに研究していく必要があります。既存の一次、二次、三次救急病院の連携をよくするための対策協議会も常時開いて、よりよく進むようにしたい」

と部長は追加説明をした。

この答弁はなんら具体的な対策は述べてなく、客観的意見を述べているに過ぎず、今後さらに追及する必要があるなと考えさせる答弁だった。

二番目にこども病院を取りあげた。

千代田医師からこども病院の存在を教えられて以来、強い関心をもっていたが、長崎でその運動を起こすきっかけにしたいと考え、今回は解説を兼ねて取りあげることにした。

「わが国のこども専門病院は、昭和四十年、東京に国立小児病院がつくられたのが初めてで、その後現在までに大阪、神奈川、兵庫、埼玉、東京、北海道と全国七カ所できています。九州でも福岡、鹿児島にもその動きがありますが、そのなかにあって医学発祥の地長崎県が含まれていないのは大変残念なことです。知事は福祉社会の実現を究極の目的としておられると承っていますが、そうであれば本県でもこども病院の検討を開始されてはいかがでしょうか」

まさに千代田医師の受け売りそのままだったが、中尾知事はルブルム先生をその道の専門家で、その意見は傾聴に値すると持ちあげてくれ、それを受けた保健部長は自らも医師なので専門的な蘊蓄《うんちく》をかたむけ、こども病院啓発にひと役買ってくれた。議長からは答弁が長すぎると注意を受けるひとこまもあった。

原爆問題、とくに被爆地域是正もぜひ取りあげたいと検討をはじめたが、被爆地域指定の権限は県ではなく国がもっており、これは厚生省への陳情行動のなかで実現を目指すことにした。

そもそも原爆被爆地域は昭和三十二年四月一日、当時の長崎市と「おおむね爆心地から五キロ以内」が初めて国から指定されたのにはじまる。ただこの指定は行政区域を基本としていたため科学的ではなく、県民から不満が続発することになった。

国はさらに昭和四十九年（一九七四）十月に長崎市北部の時津村、長与村を健康診断特例措置区域という名目で追加指定したが、これらの地区よりもっと爆心地に近い福田村、式見村、三重村、矢上村、日見村、茂木村など長崎市東西六地域が外れていたため同地域住民は納得せず、被爆地域指定を求めて激しく動きはじめていた。

長崎市東部の矢上村現川《うつつがわ》地区は爆心地から六キロの距離で、山間に農家が散在する典型的な過疎地区であるが、祈念病院でルブルム先生に現行の被爆地域指定に疑問を抱かせてくれた菅耕平さんの出生地でもある。緑膿菌が付着した菅さんの背中のケロイドがいまでも目に焼きついていて、現川の被爆地域指定は他人事《ひとごと》ではなかった。

そもそも原爆が落とされたときの風向きは爆心地から東北に吹いていたという長崎海洋気象台の記録があり、市北部の時津、長与を追加するなら当然東部が指定されなければ合理性に欠ける。

祈念病院勤務時代から現川地区自治会長である神原勇さんとともに現川地区の被爆

地域指定陳情にルブルム先生は熱心に参加していた。

昭和五十年（一九七五）二月、三月とたてつづけにその現川で被爆地区是正総決起大会が開催され、参加者は三百名を越え、地区民総出の勢いを見せた。そしてついに参議院社会労働委員会をも動かすことになり、同年六月に同委員会メンバー五名が現川現地調査に来崎した。その結果五十一年九月、国はついにこの現川を含めて前記東西六地域を、特例措置区域に追加指定することを決定した。

神原自治会長はじめとする現川地元住民の喜びはひとしおだったが、ルブルム先生も議員として厚生省に何回か随行し、陳情政治というものをはじめて体験した。

しかし被爆地域是正問題はこれで終わったわけでは決してない。

国がはじめて被爆地域を指定したとき、行政区域を基本にしたため、東西六キロ、南北十二キロの半径で定めたのは大失政で、科学的、合理的には東のほうこそ十二キロにすべきであった。しかし国はいったん決定した以上くつがえすわけにはいかないのだろう。少しずつ範囲を広げたが、南北に半径十二キロと確定した以上、行政上住民の不公平を是正するには、爆心地から半径十二キロ同円形を被爆地域と認めることしかない。これがルブルム先生の被爆地域に対する信念で、それが実現するまでルブルム先生の被爆地域是正の戦いは終わらない。

(5)

ショッキングな知らせが突然舞いこんだ。

十月十二日、日高副院長が大学病院に再入院されたという。

副院長は昨年六月喉頭がんが発見され、コバルトの照射により克服、今年四月から祈念病院の診療を再開されるほど回復されていた。それがいったいどうしたというのだろう。ルブルム先生の頭の中は激しく混乱した。

副院長はコバルト照射直後からのどに異物感を訴えておられたが、それは放射線照射の後遺症と診断されていた。しかし十月に左耳に放散する痛みがあり、これは尋常でないと副院長自身判断され、大学病院に赴き診断の結果、喉頭がんの再発と診断されたのだった。

千代田先生がお見舞いに行ったときはすでに喉頭全摘出を受けられ、筆談だったという。選挙直後お礼におうかがいしたときはあんなにお元気だったのに、あれからまだ半年も経っていない。

ルブルム先生にとってその衝撃はあまりにも大きくつらいものであった。声がなくなると嫌っておられた喉頭摘出をしたのだから、相当厳しい状態に違いない。

ルブルム先生は重い足を引きずるようにして大学病院に向かった。

十階病室のドアには面会謝絶の札が出ているので入口でちょっとためらっていると、ちょうど中から奥様が出てきた。ルブルム先生が自己紹介をすると、無言のまま頷かれ部屋に入れてくれた。

副院長はベッドの上で横になっておられたが、ルブルム先生の姿を見ると軽く右手を挙げてベットに座られた。幾分やせているが血色はそんなに悪くない。ただのどに器具が挿みこまれているのがいかにも痛々しかった。

ベッドサイドには細く優しそうな目をした女学生がつき添っていた。

ルブルム先生はその娘さんに、

「万里さんですか」

と問いかけると、首を縦に振り、ハイとしっかり返事した。

「副院長からお名前の由来は聞いていました。これからの時代、外国人とつき合うことが多くなるだろうから、マリーと呼ばれやすいように名づけられたとか」

と、副院長に顔を向け話すと、

「えっー、それはじめて聞きました」

と、万里さんも副院長に顔を向けた。副院長はうれしそうにほほ笑んで頷きかえした。

「バイオリンを習っているそうですね」

と尋ねると、また首を縦に振って、

「はい」

と短く返事した。

「私はバイオリンを弾けないですが、聞くのは好きです」

というと、副院長はメモ紙を取り寄せ、「彼はチゴイネルワイゼンが大好き」と書いて万里さんに見せた。万里さんは、父も大好きな曲でいまもイヤホンでよく聞いています、とベッドのそばに置いてあるカセットを指さした。

ルブルム先生が大学時代、この曲を聞いて感激した話をすると、万里さんは超難曲ですが私もいつか挑戦してみたいと目を輝かせた。

その姿を見てルブルム先生は、この娘《こ》は父親が元気になることを微塵も疑っていないと感じ、目頭が熱くなった。

副院長はさらにメモ紙に「県議会はどうだ」と書かれたので、九月県議会で救急医療とこども病院について初質問をしましたと答えると、さらに「被爆者も頼む」と書いて寄こした。

被爆地域是正の運動ではじめて厚生省にいきましたと、そのときの状況を詳しく話し、さらに被爆者友の会から「祈念病院を国営に」という請願書」が県議会に出ていますと説明すると、副院長はルブルム先生の手を取ってしっかりと握った。

徹底的に被爆者のために戦いますから副院長も早くよくなってくださいと励ますと、笑って頷いてくれた。

少し長居をしたようなので帰りの挨拶をしようと副院長を見ると、副院長はそれを察したかのように手で制し、メモ紙を取ってさらさらと何かを書き、二つ折りにしてルブルム先生に渡した。ルブルム先生がそれを受けとると、副院長は手で別れの挨拶をして再びベッドに横になった。

何を書かれたのだろうと、病室《へや》を出てメモ紙を開くと、そこには「第四楽章のはじまり」と九文字が記されていた。

読んだ瞬間意味が分からなかったが、そうか第四楽章はおおむね交響曲の終楽章であり、四は死にも通じる。副院長はすでに死を覚悟されていて、いまの心境をこの九文字に託され、ルブルム先生に渡されたのにちがいない。

ルブルム先生はそのメモをしっかりと握りしめ、

「万里さんのためにも、副院長もう一度がんを克服しましょう。声は失ってもいまは人工発声器で診療はできます」

と心で話しかけ、涙にむせながら廊下を歩いた。

脳裏に四年前の安藤教授とのやり取りが浮かんできた。十年間三宅教授を院長に、と出された安藤教授の条件を、あのときあくまでも拒否し戦っていれば、日高先生は院長になられたかもしれない。いまの副院長にそんなことはどうでもいいことだろうが、よかれと思って妥協したのは大失敗だったと、ルブルム先生は強く自責の念に駆られた。

(6)

県議会議員になるまで県立病院についての知識は皆無だったが、長崎県五病院の事業会計決算書を資料としてもらい、その内容を見てあまりのずさんさに驚いてしまった。

決算書によれば東浦病院、島原温泉病院、整肢療育園病院、多良見療養所、佐々療養所の県立五病院の過去五年間の累積赤字はなんと「三十三億円」に上っている。ルブルム先生が勤務していた祈念病院では、累積赤字一億五千万円で赤字、赤字と大騒ぎしていたのだからケタ違いの数字である。にもかかわらずこの県立病院の赤字には誰もなにも騒がないのはなぜなのか。

その内訳を詳細に分析すると人件費率が異常に高い。五病院総括の人件費が総収入の百パーセントを超えているのだ。こんなことは民間病院では絶対ありえないし、そんな病院はとっくに倒産している。

ルブルム先生はかつて日高副院長から、祈念病院の人件費率が現在収入の六一パーセントで、五〇パーセントまで落とすように努力しているとの説明を受けた。これと比べると県立病院のこの人件費の突出ぶりはいったいなんなのだ、どうして許されているのか。

さらにルブルム先生が頭に来たのは、この会計報告を県の監査意見書が、おおむね適正に運営されていると評価していることだった。監査委員の目は節穴か、とルブルム先生はおもわず目をむいた。

しかしこの実態を多くの県民は間違いなく知らないし知らされてもいない。医師である自分でさえ知らなかったのだから。

この問題を本会議で取りあげ、まずこの事実を県民に周知してもらうことが急務と考えたが、これには難問があった。

ルブルム先生は九月に本会議質問をしたばかりなのである。

本会議の質問割り当てはおおむね年間一議員一回の見当で予定されているので、ルブルム先生には当分本会議質問の機会は巡ってこない。

そこで何とかつぎの三月議会でこの問題を質問させてもらえないだろうかと県議会各会派にお願いして回った。その結果、自民党会派が快くルブルム先生に質問時間を割いてくれることになった。

ルブルム先生はその好意に報いなければと、固い決意を秘めて壇上に立った。

〈質問〉

「県立五病院の総括決算は昭和四十五年（一九七〇）度二億七千万の欠損、四十六年度が五億、四十七年度も五億二千万、四十八年度は一層大きくなり八億四千万、そして昨年度はさらに増えて十一億の赤字を出しているのであります。五年間の累積赤字だけで三十三億に上ります。私は医師ですから病院経営が赤字になることには理解があるつもりです。病院は県民の健康、福祉に貢献しているものであり、しかも現在の医療保険制度のもとでは真の医療、高度な医療をおこなおうとすれば赤字にならざるを得ない事情も知っています。しかしながら県立病院の決算内容をよく見ますと、異常に高い人件費が目につくのであります。たとえば、昨年度多良見療養所の収入は一億六千万、支出が三億八千万であります。人件費の占める率は医業収益の一八〇％であります。整肢療育園が一六〇％、東浦病院が一四〇％など五病院総括しましても百%を超えているのであります。ちなみにあの赤字、赤字と騒がれていますす祈念病院でも六一%で、人件費が百%超えるという病院は他にないのであります。

つぎに病床利用率にも問題があります。多良見療養所では昭和四十五年度が定員百五十名に対して百二名、利用率六七%、それ以来年々減少して昨年度は六十七・三名、利用率四五%まで落ちこんでいます。にもかかわらずその間職員数はなんと逆に七十八名から九十九名へと増加しているのであります。

まことに理解しがたい状況であります。五千二百坪の広大な土地にわずか六十数名の結核患者を入院させ、それを百人近くの職員で運営するのは、いかがなものでしょうか。放漫な運営を放任し、なんといわれようと面倒なものは手をつけないという県当局の姿勢は納得できません。知事の所信をうかがいます」

中尾知事の答弁、

「大変貴重なご意見を承りました。感銘深く聞きました。

県立五病院につきましては鋭意改善に努めているところでありますが、とくにご指摘の県立多良見療養所にたいする認識はわれわれももっていて、この改組について今日まで両三年努力してきたわけですが、いっこうにらちが明かないのであります。端的に言って組合との話し合いがつかないということなのです。これを強硬に押し切ってやればやれぬことはございませんけれども、その時期を私は見ているのであります。しかしこれ以上議会に対しても県民に対しても遷延《せんえん》できませんので、職員団体と最終的な話を詰めます」

と決意を披露した。

答弁は一見前向きのように取れるが、内容は先送りで具体的な取りくみはまったくない、この答弁で押し切られてはいけないとルブルム先生は議席から手をあげた。議会のルールでは自分の持ち時間内であれば議席からの再質問が許されているのである。

「知事は昨年の六月議会でも、百五十床を百床にすれば定員が七十名になるのでそのようにしたいと述べられ、そのときもいまと同様、すぐにもできそうな答弁をされていますが、現在までまったく進んでいません。したがってただいまの答弁も単なる先送りにしか聞こえず私は到底納得できません。どのような隘路があって話が進まないのか、いつごろを目途にしているのか、今日はもっと突っ込んだ返答をうかがいたいと思います——」

と追い打ちをかけた。

再答弁に立った知事は、

「考えている時期ではないことは御説のとおりでありますから、これ以上は遷延しませんということでご了承くださいー」

と答弁し、保健部長が追加補足して、

「責任は十分感じております。部内でもよく検討し、話し合っているところでございます。適正規模の運営に見通しが出てきているので、さらに努力してその実現を図りたいと思います」

と答弁をした。

この保健部長の補足にルブルム先生はカチンときた。さらに努力するなどと、明らかに知事の答弁を後退させており、組合をおもんばかっている。ルブルム先生は再度議席から手をあげた。

「いくらでも赤字を出していいものなら、どこの病院もたくさん人を入れてやりたいのですが、民間病院ではそこに限度があり企業努力をして人件費を抑えているのです。そういう努力が県立病院ではみじんも見られないと私は指摘しているのです。先ほどの知事の答弁と保健部長の答弁の間にはずいぶんニュアンスのずれがあるように聞こえました。これ以上遷延しないというご返答を知事にもう一度確認しておきたいので、ぜひご答弁ください」

と、ただすと知事は、

「部長と私の意見が食い違っているわけではありません。この話はもう古い話ですので体勢を整えて強力に遂行したいと思います」

と、またかというように繰り返しの答弁をした。

ルブルム先生はこれではどうしても納得できず、三度《みたび》自席から手をあげた。この間のやり取りにさすがに議場が騒然としてきて、徹底的に頑張れ、などのヤジが飛び交うようになった。新人議員が知事に食いさがっているのを応援してくれているのだ。

しかしその時点で議長から一時間経ちましたとルブルム先生に注意があった。最後にもう一度だけと議長にお願いして、

「部長の答弁は、見通しが出てきたので努力して実現を図りたいと述べているのですよ。明らかに知事の答弁より後退しているではないですか。もう時間がきましたので、知事の決意のほどを最後にもう一度ぜひともお聞かせください」

と、ルブルム先生は知事に三度目の答弁を求め、執拗に食い下がった。

同じ質問に何度も答弁に立たされるのにいささかムッとしたのか、知事は顔を真っ赤にして、

「話がつまらないときは強行します。議会の意見を尊重して断行します」

とぶっきらぼうにいい放った。

その顔を見てルブルム先生は、やったと胸の内で叫んだ。知事みずからが顔を真っ赤にして答弁しているではないか。

控え室にもどると菊池記者が待っていた。

「これは記事になりそうですね。強行する、と知事が議場で明言したのですから」

とルブルム先生の質疑応答をねぎらってくれた。

「組合はどうだろう、これで妥協するかな」

「おそらくまだまだむずかしいでしょうね。でもそのままというわけにもいかないでしょう。組合も譲るところは譲るのではないでしょうか」

「なんだか禅問答みたいだな。知事のお手並みを拝見して、やらなければ私もどんどん追いつめる」

というと、

「相変わらずですね、先生は」

と菊池記者は笑いながら、改めて、

「先生今日はご在宅ですか」

と尋ねた。

「たぶん八時には帰宅しているよ」

と答えると、

「ちょっとご相談したいことがあります。じゃ八時ごろ自宅におうかがいします」

といって去っていった。

県議会での質疑の様子がニュースで流れないかと、自宅でのんびりテレビを見ていると、約束通り八時に菊池君が車でやってきた。見ると若杉看護師同伴だ。

「何だ、若杉君もいっしょか」

と、笑顔でふたりを応接室に通した。今日の若杉君は清楚な水色のセーターを着ているので、白衣姿しか馴染みのないルブルム先生にはまぶしく映った。

菊池君がちょっと照れた様子で、

「私たち結婚することになりましたので、そのご報告に参りました」

と挨拶をした。

ふたりで来たときからそうではないかとルブルム先生は察していたが、やっぱりそうかとお祝いを述べると、

「でも父が許してくれないのです」

と、若杉君がうつむいて小声でいった。

「どうして。私は似合いと思うけど」

と不思議がると菊池君が、

「新聞記者は駄目だそうです」

と若杉君の言葉を引き取った。

菊池君によれば、ふたりは一年前から結婚を前提に付きあっていて、若杉君の母親は喜んでくれているのだが父親が絶対に認めないという。

「なぜ」

とルブルム先生が問うと、なんでも父親は県立高校の国文学教諭をしているのだが、根っからの国粋主義者で、新聞記者はだれもが左翼に見えるらしい。母親がいくら説

得しても頑として聞き入れないという。

「むかしはそんな記者がたしかにいたけど。でも時代錯誤も甚だしいな。分かった、君が左翼でないことを私が説明に行こう」

と、菊池君に話すと、傍《かたわら》から若杉君が首を横に振りながら、

「ありがたいですけど、父は政治家も嫌いなのです」

と蚊の鳴くような声で返事した。

「えっー、それは参ったな」

ルブルム先生は苦笑し、思わずため息をついた。

何とかしてやりたいがどうしたらいいものか、と思案していると、

「それで私たち駆け落ちすることにしました」

と菊池君がただならぬことを口走った。

「えっ、駆け落ち……」

ルブルム先生は尋常でないその言葉に、思わず若杉君と菊池君の顔をまじまじと見つめた。

四月の人事異動で菊地君が東京支社転勤の内示が出たので、この際結婚して東京に

行くことを決心したという。

いまどき駆け落ちという言葉を聞くなんて、しかもこんな身近に……。

「驚いたなあ、君らには」

ルブルム先生は言葉が見つからず、目を白黒させていると、

「お母さんは許してくれました」

と、若杉君がいった。

駆け落ちという言葉とは裏腹に、ふたりの表情は意外に明るい。

――菊池君、君もたくましくなったな。若杉君、君は本当に勇気があるなあ。でも
俺は君たちが長崎からいなくなるのはとっても寂しいぞ――。

ルブルム先生はどう励ませばいいのか分からなかったが、このカップルを無性に応援してやりたくなった。

(7)

悲しい知らせが届いた。

日高副院長は喉頭がんの再発以来大学病院で治療に専念していたが、三月十九日午後七時二十分突如大出血を起こして急死されたという。

副院長が再入院したときからその日がくることを恐れていたが、こんなに早いとは……。

ルブルム先生にはとてもつらく悲しい知らせだった。

祈念病院も急きょ、管理者会議を招集し、創立以来今日まで病院に尽くしてきた日高副院長の功績を高く評価して、病院葬で報いることに決めた。

祈念病院の病院葬は初めてだが、三宅院長の強い意思だった。さらに医学生時代から親友だった城山長崎市医師会長が、市医師会館講堂を葬儀会場として提供してくれた。

県内外の医師、被爆者、医療関係者、一般県民らから、そのあまりに若い死去を惜しむ声が祈念病院にぞくぞく寄せられた。

葬儀委員長の三宅院長は、副院長の急死に大きなショックを受けた様子だ。自分が祈念病院長に割りこんだばかりに、日高副院長が院長になれなかったことを悔やんでいるのだろう、弔辞を読みながら涙している姿を見て、参列者の胸に熱いものが伝わった。弔辞は事務の申し出を断り自ら筆を執られた。

「先生はみずからが被爆のご体験をされました。それだけに被爆者の方々の診療には、文字通り寝食を忘れ献身的なご活躍をなされただけでなく、心の支えともなっておられました。県下十万余の被爆者はもちろん、遠く県外からも先生の名声を慕って多くの患者が来院され、昼食を取られるのはいつも二時か三時でありました。このたび先生のご病気の報が伝わるや、連日のように患者の方々から病状の安否を気づかう問い合わせやお見舞いがあり、応接に暇《いとま》がないほどでありました。

いまさらながら私どもは先生の崇高《すうこう》なご人徳と卓越した識見、医師としての天心無私の使命感の強さを知らされると同時に、八十一床の病院から今日これだけの病院になりましたのも、ひとえに先生の十八年間にわたる献身的なお力添えがあったればこそと感謝しております。これから病院の充実を図ろうとしている矢先に先生を失ったことは、片手、いや双手《そうしゅ》をなくした思いであり、暗然として為すところを知りません。まさか五十一歳で逝ってしまわれたこと、いわんや逆縁の私が弔辞を捧げることになるとは思いもよらず、悲しみはつきません。ことにご遺族のことを思えばお慰めの言葉もありません」

日高副院長との院長交代がわずか一年の差で叶えられなかったつらい思いが弔辞にはこもっていた。「天心無私」という言葉はまったく副院長にふさわしいとルブルム先生はその言葉に感銘を受けた。

弔辞はあとひとり、ともにわずか〇・六キロの長崎医科大学（現医学部）で原爆に被爆し、九死に一生を得た城山市医師会長が友人代表として捧げた。

「先生は大学での活躍を嘱望されていたのにかかわらず、みずから希望して被爆者医療のため祈念病院に勤務されました。祈念病院では白血病など血液病学を素晴らしいスピードで吸収され、原爆後障害に関する研究ではたちまち第一人者となられました。先生は学問を患者のための医学から離すことができない人でした。そのおかげでどれだけの被爆者が救われたことか。先生の壮絶たる求道の精神と深い学殖そして何よりも患者さん、いな人間そのものに対する温かい心情こそ、いまも祈念病院のよって立つ背骨《バックボーン》であると私は信じて疑いません。男が命をかけ生涯の情熱をたぎらせたものの厚みと奥行きを、そしてそれへの透き通る思いを知りました。

〈あと十年、生きたかった。生かして欲しかった〉とお亡くなりになる前、奥様に漏らされたとか。及ばずながらその言葉は私も肝に銘じてお聞きしました。

私は決して日高君に〝さよなら〟とお別れの言葉は申しあげません。先生はいつまでも私の胸に生きています」

ふたりの弔辞が終わり、会場が静まると、柔らかなナレーションが会場に流れた。

「万里さんは八歳のときお父さまの勧めでバイオリンをはじめました。発表会ではじめて独奏したとき、お父さまが大変喜んでほめてくださいました。そのとき弾いた曲〝愛の挨拶〟をきょうのお別れに捧げます」

喪服に身をまとった万里さんが左手にバイオリンをしっかりと握り、父の遺影に一礼すると、やるせないバイオリンの音色が会場に静かに流れはじめた。

目をつむってジーッと聞いているルブルム先生のまぶたには、副院長の在りし日の姿が走馬灯のように映し出されていった。

はじめて副院長室で病院運営の講義を受けたとき、本棚のうえの万里さんの写真を眺めておられたその横顔、医局会で念書を断ったときの凛とした姿勢、瀧澤院長の辞意を尋ねてきつく叱られたこと、大学病院で副院長が万里さんに、「この先生チゴイネルワイゼンが好きなのだよ」と筆談されたときの父子の姿などなど……。

気がつくとバイオリンの音色に重なってすすり泣くような嗚咽が聞こえ、いつか講堂いっぱいに広がっていった。

曲を弾き終えた万里さんが会場に一礼すると、どこからか拍手が起こった。しかしそれは決して場違いには聞こえず、副院長の遺影も心なしか微笑んだように見えた。

お別れの最後は会葬者ひとりひとり祭壇に進み、菊の一枝を副院長の霊前に捧げた。会葬者には杖をつき、あるいは手を引かれたお年寄りの姿も数多くみられたが、副院長に診察を受けた被爆者だろう。そのほとんどが目にハンカチを当て遺影を一心に拝んでいた。

葬儀が終わってもルブルム先生は椅子から立ちあがる気になれず黙って遺影を眺めていた。

――副院長は原爆から九死に一生を得たが同級生のほとんどを失い、その体験ゆえ、その後の人生を被爆者のために捧げてこられた。がんも克服して祈念病院の院長まであと一年というところまできて、このどんでん返しはいったいなんだろう。これが宿命《さだめ》というのならなんとつらい宿命《さだめ》だろうか――。

翌日、地元紙に「日高さん悲しみの葬儀」と大きな見出しが載った。
《被爆医師として祈念病院創立以来、原爆患者の治療に献身〝被爆者の父〟と慕われてきた同病院の日高修副院長（五十一）が死去、二十四日、長崎市新地町の市医師会館で病院葬が行われた。原爆症の中で治療が困難とされる悪性腫瘍を研究中、自らその病魔に倒れたもので、葬儀には県内外の被爆者多数が参列、故人の急逝を悼むとともに被爆者の〝命の支え〟を失った深い悲しみの声が漏れた》
日高副院長が被爆者を診察している在りし日の写真とともに掲載され、さらに、《医療面だけでなく被爆者を物心両面から支えてきたエピソードはあまりにも多く、葬儀に参列した被爆者団体のだれもが口をそろえて、もの言わずして被爆者の苦しみが分かる良き理解者でした、と語った。被爆者友の会の片岡会長は、原爆問題を医療だけでとらえるのでなく、被爆者の生活などを含めた大きな視野で考える人で、これがこれまで祈念病院を支えてきた大きな原動力、と日高副院長の被爆医師像を語った。大牟田原爆被害者の会が招請した韓国人被爆者、ベン・レンギョクさんを昨年三月、祈念病院で入院治療させるのに一役買ったのも日高副院長の尽力。同被害者の会の久保里子会長も葬儀に参列、長崎だけでなく県外各地の被爆者が最も頼りにしていた先生を失い途方にくれていると悲しみの言葉を述べた》

と、日高副院長の人柄を紹介した。

祈念病院にとっても大きな痛手で、その影響は計り知れないものがあるだろう。

副院長の七七忌がすんだ五月十五日、三宅院長は千代田先生を後任の副院長に任命した。

この人事はきわめて順当だったが、病院内にはまだ日高副院長急死の余韻が残っていて、千代田先生自身も自粛、お祝いはすべて断った。ルブルム先生も千代田先生の心情を察しお祝いの挨拶は控えた。

副院長の後任は決まったが、院長はどうなるのだろう。ルブルム先生はもう祈念病院の医師でもないのに来年の院長人事が気になった。

八月七日、長崎原爆の日の二日前、祈念病院玄関の植え込みで日高副院長記念碑の除幕式が執りおこなわれた。被爆者友の会が建立したのである。

祈念病院は建物に沿って玄関を挟み奥まで植え込みがつづいているが、記念碑は玄関を越えた植え込みに設置された。

その日、日高夫人は着物姿で、万里さんは高校の制服姿で碑の傍らに並んで臨んでいた。

被爆者友の会片岡会長が副院長を惜しむ挨拶をしたあと、三宅院長、千代田副院長をはじめ祈念病院職員、多くの被爆者が見守るなか、夫人と万里さんの手によって白い覆いが切って落とされた。

大きな自然石の表面には、片岡会長が入院中の副院長から直接聞いたという言葉が力強く刻まれていた。

『せめてあと十年、あなたたち被爆者の、脈を取りたかった』

友の会は昨年の十二月県議会に「祈念病院の国営化を求める請願書」を提出、全会一致で採択され、会の運動は最高に盛りあがりを見せていただけに、その柱ともいうべき副院長の突然の死は、片岡会長にとって大きな痛手だったにちがいない。

除幕式が終了すると千代田先生はルブルム先生を副院長室に誘った。久しぶりに病院の廊下を並んで歩いていると、

「そうそう、高山君が院生を卒業して、いよいよ秋からプロの初段になるそうだ」

と、天才少年の活躍を嬉しそうに語りかけた。

「そうですか、とうとうプロの試験に合格しましたか」

とルブルム先生も喜ぶと、

「成績が抜群だそうだ。日本棋院でもずいぶん期待されているらしいぞ」

と言葉が弾んでいる。

「どこまで伸びるか楽しみですね」

と言葉を交わしているうちに副院長室に着いた。

副院長室は以前の通りだった。机も応接セットも日高副院長時代と同じで、机の上の長崎の鐘もそのまま置かれている。

千代田先生が応接椅子に腰を下ろしたのでルブルム先生も向かいあって座った。

「それはそうと、君のところの若杉君、新聞記者と結婚したのだって？」

と千代田先生がどこから仕入れたのか興味深そうに尋ねた。

「ご存知でしたか」

とルブルム先生が受け答えると、

「なんでも親の反対を押し切って駆け落ちしたのだって？、病院でも評判だよ」

若い職員たちがきっと驚いたり、うらやましがったりしているのだろう。

「若杉君の父親が新聞記者は大嫌いで、絶対に結婚を認めないのだそうです。若杉君も弱っていました」

「いまどきそんな親もいるのかなあ」

「それで私が仲に入ろうかといったら、父は政治家も嫌いなのですと蚊の泣くような声で返事され、これには私も参りました」

と説明すると千代田先生は声をあげて笑い、

「それじゃ駆け落ちしなければどうにもならんな。駆け落ちなんて言葉はまだ生きていたのだなあ」

「でも私は若杉君、勇気があると感心しました」

「そういえば万里さんも音大を受けないと頑張っているそうだ」

「えっ、なぜ？」

意外な話にルブルム先生は思わず問い返した。

「医師になりたいそうだ。先日、奥様が相談にこられた」

「それは……、私は賛成できません。副院長は万里さんがバイオリニストになるのを夢見ておられたはずです」

「そうかもしれないが、本人が強く希望しているそうだ」

「どうしてでしょうか」

「それが奥様にもよく分からないといっておられた。あと十年生きて被爆者の脈をとりたい、という言葉を真に受けて、自分がそれを引き継ごうと決心したのかなあ。なにせ万里さんはお父さん子だから」

「お父さん子だからこそ音大を受けるべきなのです」

「それともお父さんの生きざまに何か感化されたのか」

「しかし急に医師になりたいといい出しても、医学部に入るのは大変ですよ」

「奥様もそこを心配されて、高校の進学担当の先生に相談された」

「それで」

「万里さんは文系だから医学部となれば受験科目が違い、一から入試の勉強をやり直さなければならないと難色を示されたそうだ」

「それはそうでしょう。だからそんな無理をしないで音大に進むべきです」

ルブルム先生は万里さんがバイオリストになるのが、日高先生の心にいちばんかなっていると固く信じている。

「高校の先生も万里さんを説得したが逆に根負けして、医学部専門の予備校を紹介しましょうと奥様にいわれたらしい」

「仮に浪人して勉強したからといって医学部に合格するのはむずかしいですよ。それより音大のほうが合格の可能性ははるかに高いはずです」

と、ルブルム先生はあくまで譲らない。

「逆に浪人して医師になれたら、それからバイオリンを生かすことはできるのじゃないか」

「そうなれば、それはそれでいいですよ。でも二兎追うものは一兎も得ずといいますから、大きな賭けです」

ルブルム先生は不承不承、千代田先生の意見に従いながら、あくまでも持論にこだわった。

「賭けといえば高山君も若杉君もいま大きな賭けをしているのだなあ。賭けというより、人生への挑戦というべきか、そういえば君も若いから選挙に挑戦できたのではないの？」

千代田先生は話をルブルム先生に向けた。

「私は三十八歳のときでしたから、もう厄に近い年齢でした」

とルブルム先生が若さを否定すると、

「じゃあ俺など間もなく天命を知る年になるなあ」

と自分も高齢だと強調し、

「だから若い人ってうらやましいよな。高山君も若杉君も果敢に自分の人生に挑戦しているからな」

千代田先生はむかしをなつかしむようにいった。

「先生は万里さんにもその挑戦をさせてやりたいとお考えですか」

ルブルム先生が千代田先生の意志を忖度《そんたく》すると、

「それがなあ、『万里のことは万里の好きなようにやらせてくれ』という、日高先生の声がどこからか聞こえるのだよ」
と、しんみりつけ加えた。

第四章

ドン・キホーテの選挙

（1）

　五年間の東京勤務を終え、菊池君がこの四月長崎にもどってきた。四歳の男の子と三歳の女の子をつれて。

　長男が生まれたとき、いともあっさり若杉家の父親の勘当が解けた。さすがの国粋主義者も孫には勝てなかったらしい。あの頑固な父親が、とルブルム先生は唖然としたが、子は鎹《かすがい》とはよくいったものだ。

　そのうえ急きょ、若杉家を増築して両親といっしょに住むようになり、若杉君もいまはもっぱら子育ての専業主婦となった。

　子どもたちが学校に上がるようになったら、父母が面倒みていいといってくれているので、いずれ看護師で復職する気だ。

　二児の母となり、若杉君も祈念病院時代の初々しさが抜け、女らしい色気が滲み出てきて、見るのもまぶしい。

ルブルム家も長男が高校に進学した機会に自宅を二階建てにし、三人の子どもたちに小さいながら個室をつくってやった。

玄関のうえの二階は居間になっていて、障子を開けると目の前に公園が見える。五年前、団地のこの公園予定地は岩山のままだった。その岩山を地元の福祉法人が長崎市から購入し、授産施設の木工所をつくると計画したものだから驚いた地元自治会が、公園予定地は公園に、と激しい反対運動を起こした。ルブルム先生は押されてその運動の先頭にたったのだが、そのとき、祈念病院で知りあった菊池記者が地元紙に応援のキャンペーンをはってくれたのだった。

市は岩山を買いもどして公園にし、ブランコ、鉄棒、滑り台などの遊具が置かれ、周囲にはメタセコイア二本、ナンキンハゼ三本、金木犀《きんもくせい》一本が植えられた。五年経ていずれもすくすく育ち、とくに向こう(西側)端の中央に立っているメタセコイアは十メートルを越し、クリスマスツリーのように紡錘形をして公園を睥睨《へいげい》している。手前の道路際のナンキンハゼも高さはメタセコイアには及ばないが、横に丸く広がり道路まで迫りだしてきた。

ルブルム先生は朝起きると窓越しにこれらの樹木と、枝の間を飛び交っている鳥たちを眺めるのを習慣《ならわし》にして季節の移ろいを楽しんでいる。

春になると枯れて裸になっていたメタセコイアもナンキンハゼも、新緑の透き通った葉をつけ、またたく間に生い茂ってくる。その生命力にはなんとも目を見張るばかりだ。秋にはナンキンハゼは美しい紅葉になり、メタセコイアは「曙すぎ」と呼ばれるように、燃えるような赤みを帯びる。そしていずれも冬になると再び葉を枯らし、公園が落ち葉で埋めつくされる。

昨年の秋、正面のメタセコイアの八合目付近に、カラスが巣をつくっているのを発見した。それからというものはその巣を観察するのがルブルム先生の朝の日課になった。双眼鏡を取りだして眺めると、可愛いくちばしが三つそろって親鳥に餌をねだっているのが見えた。子が三羽なのかどうか、くちばしだけなので正確ではないが、ルブルム先生は大発見をしたかのように嬉しくなって、毎日楽しんで観察をつづけていたが、いつの間にかくちばしが見えなくなり、親鳥も姿を見せなくなった。巣立ちを見損なってしまったのだ。

いまは枝の間に巣の残骸だけがのこっている。

きょうは菊池夫妻が帰崎してはじめて、子ども連れでルブルム宅に挨拶にきた。子どもたちは目ざとく公園の遊具を見つけると、お母さんの手をひっぱってそっちに駆けていってしまった。

居間で菊池君と二人きりになって公園を眺めていると、

「先生、三宅院長の後任はどう決まったのですか」

と、祈念病院の院長人事を尋ねてきた。

「日高副院長が急逝されたので、後はどうなるのかと私も心配していたが、いい意味で予想外だったなあ。三宅院長はきちんと五年半で院長を辞められ、大学も後任人事にはタッチしないという約束を守ってくれた。その結果、千代田副院長が院長に昇格という思わぬ結果になった」

「千代田医局長は日高副院長急死の後をついだのですから、副院長歴は一年あまりですね」

「そうなのだ。だから早すぎるという声もあったが、三宅院長がそれでいいと押しきられた」

「日高先生がなれなかったのは残念ですが、結果よしですね」

「千代田先生にとってはまさに晴天の霹靂《へきれき》だったと思うが、私は見事な人事だと感心した」

「三宅院長も安藤教授も日高副院長の急死がこたえたのじゃないでしょうか」

「日高院長は実現しなかったけれども、病院内部からの昇格という当初の目的は達した」

「それにしても人の運命は分からないものですね」

瀧澤祈念病院院長が辞任を表明され後任を巡って大学とやりとりしていたころ、千代田医局長が後任の院長になるとだれが予想しただろうか。

「それともうひとつ気になっていたのが祈念病院の国営化です。五年前あれだけ盛りあがっていた祈念病院の国への移管、なんだか最近あまり聞かれませんね」

「そうなのだ、残念ながらすっかり立ち消えになってしまった。いいところまで行ったのだが……。この問題は私も関心をもっていたので資料をそろえているが、ちょっと見てみるかい」

ルブルム先生はそう告げながら一階の書斎にいき、本棚から県議会議事録などを抱えてきた。

「君が東京へいったのはたしか日高先生が亡くなられた年だったな。その一年前の十二月、中尾知事が県議会で祈念病院にこう触れている。これがそうだ。『祈念病院については施設設備の整備費および不採算部門に対する運営費として、本年度すでに七千六百万円の助成措置をしているが、経営の悪化で未払い金が増え運営にも支障が生じているので、基本的に設立の趣旨にかんがみ、日赤本社、国などの積極的な助成を強く要請し、当面は病院の借入金の四億円について県、市で利子補給することとし、本年度分として五百七十万円を計上した』とね。

すなわちこの年も祈念病院の運営は赤字で、県・市はその後始末をさせられたのだが、赤字補填《ほてん》が毎年のことなので、知事、市長とも祈念病院国営化を強く望んでいるのがありありとうかがえる。いっぽう祈念病院側も独立採算ではいつまでも厳しい運営がつづきそうなので、国営化推進では両者一致していた。

そのうえ県議会では被爆者友の会が提出した、『祈念病院の国営化に関し決議を求める請願』が採択され、被爆者も含め長崎県市一体で国営化の流れができたのだが」

ルブルム先生はここで一息いれた。

「次年は原爆が投下されて三十周年の節目の年ということもあって、マスコミもこの問題を大きく取りあげ、与党自民党も六月の県議会では原爆対策を代表質問の一番手にした。

『社会保障的性格の強い現在の被爆者対策臨時措置法を改め、国家補償の精神に基づいた諸制度を内容とする援護法の実現を図るべきと思うが、知事の所見と具体的運動方針等を承りたい。つぎに赤字累積に悩んでいる祈念病院の医療と研究体制を充実強化するため、祈念病院を国営的体質に改めるか、または国に抜本的助成を実現させるよう県民運動を強力に推進すべきと思うがどうか』

　この質問に知事は、

『先般参議院の社会労働委員会が来崎された折、祈念病院で意見を述べたが、そのうち、第一に遺族を含めた援護措置を講ずべきこと、第二に祈念病院を国営にすること、それができなければ赤字は国が面倒を見るべきであると申しあげた。これは委員各位の共感を得たと思っている』

　と答弁し、祈念病院の国営化はいっそう進むかに見えた。ここまでは順調だったのだが……」

　ルブルム先生は別の県議会議事録を手にしてページをめくっていたが、赤くしるしをつけたところを菊池君に示しながら話をつづけた。

「ところがそれから一年半たった翌年十二月、県議会で同じ自民党所属の厚生委員長が以下のような要望書を提出した。

『原爆対策について田中厚生大臣、高木厚生事務次官および国会の原爆小委員会関係衆参両議員に面接して強く要望いたしました。その結果、現時点においては各種の状況からいま直ちに原子爆弾被爆者援護法の設定はきわめて困難であり、むしろ原爆二法を充実強化することにより、被爆者の要望にこたえようとのことでありました。そこでこれらの情勢を踏まえて原子爆弾援護法の制定についてはこれを将来に譲るとして、この際一日でも早くひとりでも多くの被爆者にたいして暖かい充実した援護措置の実現を願い、国家補償の精神に基づく抜本的な被爆者対策を確立するため、別紙の要望書を提出するものであります』

という内容だ。国家補償でなく社会保障の一環として原爆二法をより充実させるのが現実的、とするこの要望書が県議会で可決されてしまった。私からすればまさに一年半前の意気込みはどうなったのかと問いたいところだ。

おそらく県議会も厚生省と交渉した結果の苦渋の選択だったのだろう。しかし被爆県の県議会が国に社会保障でと要望したのだからこの影響は大きい。これで原爆行政は国家補償から一挙に後退してしまった。だからいまでも祈念病院は日本赤十字社の運営で、独立採算制だ」

「そういう経過があったのですか」

「それ以後、祈念病院の国営化論議は県政から消えた」

そんな会話を交わしていると、子どもたちが元気よくもどってきて、今度は家のなかで追いかけっこをはじめた。ルブルム先生は、にこにこしてその元気な姿を眺めていたが、お母さんに叱られて子どもたちはしぶしぶ、出された菓子にむかった。若杉君、いまは菊池だが、その菓子を一緒にほおばりながら、

「万里さんどうなったのかしら」

とつぶやいた。日高副院長の娘さんのことが気になっているらしい。

ルブルム先生はまぶしそうに若杉君のほうをむいて、

「本人が医師になりたいとあくまでも頑張るので、奥様が高校の先生から推薦された福岡の医学専門予備校に寄宿させた」

「そうですか」

「そうしたら一年間でみごと愛知県の私立医大に合格した」

「さすが万理さん、がんばりましたね」

「予備校の先生に、この子だけは合格させたい、といわせるほど勉強に打ちこんだそうだ」

「初志貫徹ですね。万里さん、偉い。でも奥様は寂しかったでしょうね。ご主人を亡くされたうえに娘にも別居されて」

「夫の退職金も娘のためにはたいてしまったけれど、きっと日高も喜んでくれているでしょうと笑顔で語っておられたが。一人前の医師になるまであと何年かかるか……」

「バイオリニストの道を進むとばかり思っていたのに、医師を目指したのはなんだったのでしょうか」

「うん、それも少し分かった。どうもキュリー夫人の影響らしい」

「キュリー夫人って、ラジウムを発見して、ノーベル賞を二度受賞されたという、あの有名な科学者ですか?」

「そう、マリ・キュリー夫人の伝記の最後に、キュリー夫人も放射能で亡くなったと書いてあったらしい」

「万里さんはお父さんの死を、原爆の放射能のせいだと信じこんでいるから、キュリー夫人の死がオーバーラップした」

「それで自分も医師になって放射能を研究したい、と思いつめた。偶然だろうが、マリという名前がいっしょなのも面白い」

「万里さんは被爆二世だから、原爆の放射能を研究すれば適任ですよ」

と、若杉君が相槌をうった。

子どもたちはさすがに大人の会話に飽きたらしく、お母さんにむづがりだした。

「どうやらお昼寝の時間のようですね、そろそろお暇《いとま》しましょうか」

若杉君はすっかり二児の母親になっている。菊地君もうなずいて立ちあがった。

ルブルム先生は玄関まで送りながら、いい夫婦ができあがったなあと嬉しくなった。

(2)

二回目の選挙はさんざんだった。一期目が好成績だったばかりにその反動で大苦戦に陥った。選挙区を回ると楽観ムードが流れているのが手に取るように分かる。これは危ないとルブルム先生はその危機感を後援会の幹部に伝えるのだが、ぜんぜん信じてもらえず、ただ後援会引き締めのパフォーマンスと受け流されてしまう。ルブルム先生の焦りはまったく通じない。

やはり開票は心配したとおりになった。

十五人の定数中十四人までの当確者が決まってもルブルム先生の名前は出てこないのである。さすがにみんな顔色真っ青になったがもう遅い。現金なもので当選が難しいとみるや途中で退室する人も出る始末で、はらはらするなか前回より二千票以上の票を減らし九千四百四十七票で、最後の十五人目にやっと滑りこんだ。事務所に残っていた人々は救われたような表情になって万歳をしたが、その声にも力がなかった。最終順位は十三位まで繰りあがったが、前回トップ当選した金田議員も十位と低迷していたから、二期目の選挙は厳しいというジンクスはたしかに生きている。

この二期目の選挙の時期、中央政界では大きなうねりが起こっていた。いわゆる多党化といわれる現象である。保守も革新も分裂して政党が乱立しはじめたのだ。地方でもその波をもろにうけ、長崎県議会選挙でも議席に大きな変化が現れた。

社民党が三、新自由クラブ二の新議席、はじめて結党して候補を擁立した農政連も大善戦で三議席を獲得、農民パワーの底力を見せつけた。

この多党化のあおりをくらったのが自民党で、長崎県議会では第一党はかろうじて確保したものの大きく議席を減らし、前回の二十六議席から十七議席と激減、過半数には遠く及ばず、議会での発言力の低下を余儀なくされた。これには自民党公認を現役優先にして新人の進出を阻んできたおごりが、ツケとなって拍車をかけた。

ルブルム先生はこれまでどおりに二期目も金田議員と無所属クラブを組んだが、自民党公認候補を破って当選してきた公認漏れの自民党系無所属議員の合流もあって七名の会派になった。

それから三年目、自民党から無所属クラブに合併の誘いがかかった。もともと無所属クラブの大半は自民党員であり、また金田議員は父親が自民党の代議士、ルブルム先生も医師会が自民党支持団体ということで、七人全員自民党に入会し、自民党会派に合流、無所属クラブは解散した。

そんなわけでルブルム先生は二期目の後半から自民党議員として活動することになった。

与党に入ったおかげで専門の厚生委員長、さらに財政硬直化のため設置された行財政改革委員長など、重要ポストを経験させてもらった。

また個人的に中尾知事からときどき意見を求められるようになり、県行政に直接タッチする機会も増えた。

その一例に三菱製鋼所跡地再開発がある。

昭和五十年(一九七五)第一次石油ショックが全国を襲い、長崎では浦上の三菱長崎製鋼所が統合撤去され、その跡地約一万三千坪を県土地開発公社が購入することになった。

県も土地は手にしたものの不況のなか、なかなか利用ができずもてあましていた。

この土地を中尾知事から「医療地域として開発できないものだろうか」とルブルム先生は相談をうけたのだった。

さっそく多喜山県医師会長に知事の意向をもちかけると、これがグッドタイミングで、当時の県医師会館が狭いうえに老朽化していたので、とんとん拍子に話がすすみ、まず県医師会がその土地を購入することにきまった。

ルブルム先生が中尾知事にその報告をすると知事は上機嫌で、欲しいだけの土地を縄で囲ってくれと喜んでくれた。

価格を決めるとき思わぬハプニングが起こった。

実務的な打ち合わせはルブルム先生と高村副知事との間でおこなったのだが、両者で千坪、坪四十二万円と話が整った。その坪数と価格を多喜山県医師会長も了解してくれたので、締めくくりに中尾知事と多喜山会長のトップ会談でという形になったが、その知事室でのことである。

中尾知事がどう間違ったのか、千坪、坪四十万円と切り出したのだ。同席していたルブルム先生はえっ、と間違いにすぐ気づいたのだが、当事者ではないので発言は控えていた。多喜山会長は知ってか知らずか訂正することもなくそのまま両トップ間で了承され、この土地は千坪、坪四十万と最終的に決着してしまった。

その報告を聞いた高村副知事は慌ててルブルム先生に、知事は坪四十万円といわれたそうですが、あれは四十二万円ですよね、と了解を求めてこられた。たしかに下打ち合わせではそうだったが、トップ会談で四十万円と決まったのだからこれは仕方ないでしょうとルブルム先生はつれなく返事した。

副知事が、それは困る、四十二万円に何とかもどしてほしいと何度も懇願されるので多喜山会長に相談すると、最終的になかを取って「四十一万」の両者痛み分け、ということで決着をみた。それでも県医師会側は一千万円安く買ったことになる。

このあと、五十七年に歯科医師会館、薬剤師会館の誘致に成功、まがりなりにも製鋼所跡は医療地区らしくなってきた。

もうひとつ県がこの医療地区の核としてぜひ誘致したいと考えていた大物があった。それが祈念病院である。

祈念病院は昭和三十年(一九五五)、片渕町に建てられ八十床でスタートしたが、患者の急増と診療科目の増加でつぎつぎに建て増し、現在三百二十床にもなっていた。老朽化のいっぽうで継ぎ足しの連続で、患者にとっても職員にとっても不便な建物となっていた。

県から製鋼所跡地への移転を打診された千代田院長はチャンスと判断、前向きに検討をはじめた。

ところがこの話が漏れると周辺の住民から、市東部地区唯一の公的病院を西部地区にもっていかれてしまう、と猛反対がおこった。なるほど西部地区には大学病院、成人病センター、聖フランシスコ病院など公的病院がいくつもあり、東部はゼロになってしまう。長崎市の地域医療計画からしても大問題である。

千代田院長は祈念病院の将来を考えるとこの機会にどうしても移転新築したいと、ルブルム先生に移転反対の住民をなんとか説得してほしいと頼んだ。

たしかに地域住民にとっては、祈念病院が遠くに移転することはみずからの健康に直結するので、病院側の説明する建物の老朽化と不便さだけでは納得できないし、近くの商店街にとっても総合病院があるのとないのとでは地域の振興にもかかわる。

ルブルム先生も仲に入ったものの交渉は難航した。

祈念病院の不便さはもとより手にとるように分かっているのだが、聞けば聞くほど地域住民の気持ちも理解できる。あれこれ折衝した末この解決には、跡地に同じレベルの病院を持ってくるしか住民を納得させる方策はないと思い至った。

これが可能かどうか。

長崎市内には公的病院を含め病院が三十あまりあるが、規模から対象になる病院はその半分にも満たない。

ルブルム先生がそのひとつひとつをチェックしていくうちに、移転に応じてくれるかもしれないという病院をひとつ見つけだした。

「恩師財団済生会病院」である。

同財団は明治四十四年、明治天皇から下賜された百五十万円を基に、全国各地に無料の診療所を設け貧困所帯の救済にあたったという歴史があり、押しも押されもしない公的病院である。

長崎では内科、外科、産婦人科とそれに結核病棟を有し、県から公的医療機関の指定も受けていた。

昭和五十三年(一九七八)からは長崎市の二次救急病院にもなっている。

ルブルム先生がこの病院に狙いを定めたのは、梅ヶ崎町に建っていた同病院は敷地が狭く、建物も三十年以上たち老朽化も目立っていたからである。

さいわい済生会病院の辻院長とは保険医総辞退の時、顔見知りになっていたこともあった。

ところがこの読みが大変な勝手読みだった。

ルブルム先生が済生会病院に出むき移転の話を持ちだした途端、辻院長から目から火が飛び出るほどはげしく叱られた。

たしかにこの提案は祈念病院側の一方的な都合であり、辻院長からすれば、自分の病院のため他人《ひと》の病院を勝手に動かそうとするのは不愉快な話にちがいない。立腹される気持ちはよく分かった。

しかしどう検討してもほかに移転してくれそうな病院は見当たらないし、千代田院長の頼みもある。

ルブルム先生も簡単に引きさがるわけにはいかず、懲りず臆せず必死のお願いに何度も辻院長の元に足を運んだ。

辻院長もルブルム先生の熱意にほだされたのかどうかは分からないが、少しずつ正面から説明を聞いてくれるようになってきた。

冷静に判断すると、この提案は済生会病院にとって必ずしも悪い話ではない。敷地がいまの三倍に広がるのも魅力だし、病院自体立て替えのいいタイミングでもあった。さらに県市と交渉するなかで幾ばくかの移転補助金も出ることになり、ついに辻院長は移転に同意してくれることになった。

東部地区住民も跡地に新しく公的病院がくることで反対運動を収め、晴れて祈念病院移転の見通しがたつようになった。

この誘致で三菱製鋼所跡地は医療地区として評価が定まり、残りの土地もほどなく埋まってしまった。

自民党に入ってからここまで、ルブルム先生は順風満帆《じゅんぷうまんぱん》だった。

（3）

翌昭和五十八年（一九八三）は四月に統一地方選挙、七月に参議院選挙がおこなわれる。ところがその参議院選挙に自民党現職参議が不出馬を表明したことから、ルブルム先生は大きな渦に巻きこまれていく。

参議院議員は六年の任期で選挙は三年ごとにおこなわれ、長崎選挙区からはひとりずつ選出される仕組みになっている。

全県一区の選挙なので圧倒的な組織を持つ自民党公認候補以外これまで当選者はなかった。すなわち自民党公認即参議院議員という時代である。

ここ数回の自民党の公認候補は県議会議員から選ばれており、その例でいくと今回は、五期目の町村誠現議長（五十八歳）、四期目の虎谷一夫自民党県連幹事長（五十五歳）が有力候補だろうと見られていた。

虎谷氏は次期県議会議長の最有力候補でもあり、どちらを選ぶか迷うとしても、町村現議長は議長任期が来年三月で終わり、六月の参議院議員選挙は時期的にもぴったりで、党内のコンセンサスもとれる可能性が高かった。

ところが両者ともいっこうにこの参議院議員選挙に意欲を示さないのである。自民党県議団は両氏が話し合いでもしているのかとまどっていると、突然大垣精二長崎県農協中央会長（五十六歳）の名前が取りざたされはじめた。

過去にも農業団体から自民党公認で参議院議員になった人もいたが、この数年農協は農政連という独自の政治連盟を結成、今回の県議選でも自民党農政を批判し、自民党公認を三人も倒してきた。

しかも大垣会長は昨年の夏、自民党に入党したばかりで、これまで議員歴もなく、これといった自民党への貢献もない。

久しぶりに自民党控室に菊池記者が姿を現わした。

「来年の参議院選挙、面白くなりそうですね」

ルブルム先生をすばやく見つけると、声をかけてきた。情報を収集しているらしい。

「虎谷先生はつぎの議長ということもあるから町村議長がやはり本命だろうな」

「それにしても自民党は静かなものですね。議長はまだ手を上げられないし」

「現職だからなあ、議長は議長職に専念しなければと。そういう人柄だから」

「そうはいっても農協では大垣氏が盛んにアピールしていますよ」

「大垣氏ではなあ、自民党県議団は収まらないだろう。そもそも県議選で自民党候補と戦ってきた政党の代表が、自民党に自分を公認してほしいと頼むのは勝手すぎると思わないか」

「それはそうですが、いまのように誰も手を挙げる人がいなければそうなるしかないでしょう」

「まあ心配しないでいいよ、そのうちに片がつく」

自民党県議の大半はルブルム先生と同様、町村議長出馬待ちであった。

しかし時間が経っても状況は変わらず、町村議長はいっこうに出馬の意向を見せない。自民党県議団は次第に焦りの色を見せてきた。ついに若手県議五、六人が町村議長に出馬要請をしようと宿舎まで押しかける騒動になった。ルブルム先生もそのメンバーのひとりである。

「このまま先生に手を挙げていただけなければ、大垣氏が自民党公認ということになりかねません。これまで自民党に何の功績もない人を、党が挙げて応援するというのもスジが通らないし、今回農政連と戦って敗れた人にも相すみません。われわれは結束して先生を応援することを誓いますから、議長、自民党県連のためと思ってぜひ出馬を決断してください」

と直談判に及んだ。

町村議長は「君たちの意見はもっともなことだ」と返事はしてくれるが、出馬に対しては首を縦に振ってくれない。

条件はすべて揃っていると思えるのだが、手を挙げられない理由が何なのか分からないまま、こう着状態がつづいた。

菊池記者もじりじりして、

「来年四月には統一地方選挙が待ちかまえていますよね」

と催促する。

「そうなのだ。だから議長に早く決心してもらわないと。われわれもそろそろ選挙区に帰って自分の選挙に専念しなければならないし。菊池君、なにかいい知恵はないだろうか」

ルブルム先生も気が気でない。

選挙になると農民の票を敵に回すのは怖い。統一選挙が近づくにつれて大垣氏の影が少しずつ大きくなってきた。

ルブルム先生は大垣氏公認ではスジが通らないと町村議長担ぎ出しに参加したのだが、それがいっこうにはかどらないので、自分の不甲斐《ふがい》なさのように自責の念に駆られはじめた。

県議はそれぞれ来年四月の統一地方選挙まで自分の選挙で手いっぱいで、そのうえ議長が手を挙げなければ立候補者がひとりということになりかねず、自動的に大垣氏に公認が決まってしまう。それは何としてでも阻止したい。いつでも議長が手を挙げられるように公認を決定しないでおかねばならないが、それには複数の立候補者が必要条件だ。

しかし参議院選挙に手を挙げれば県議の公認が取れなくなり、どっちつかずになる。見回しても、本気で手を挙げてくれそうな県議は見当たらない。

なにもルブルム先生がひとりで責任を持たねばならないような事柄ではないのだが、性格なのか次第に自分自身を追いつめていった。

そしてルブルム先生はついに大決断をした。

いま大垣氏公認を阻止するには自分が手を挙げるしか方法がないのではないか。来年の三月になれば町村議長も議長職が終わる。それまでなんとしてでも自分が自民党公認決定を引っ張る。

仮に自分は県議選に出られなくなっても医師免許がある。いざとなれば離島で開業をしてもいい。

悲壮な決意を固め、若手県議団に聞いてもらった。

そこまで突きつめるルブルム先生に県議団は驚きの声をあげたが、来年四月の統一地方選挙が終わるまで頑張るというのならば、それは有難いことだと最後にはしっかり賛同してくれた。

ついでルブルム先生は町村、虎谷両議員に同じ思いを打ちあけた。

「自分はまだ県議二期目で国会議員の資格がないことくらいは分かっています。ただ私は、大垣氏を自民党が公認することはどうしても納得いかないのです。この参議のポストはこれまでのように、党に貢献してきた人から選ぶ、という過去の実績を維持したいだけなのです。だからいちばんの資格者である先生方がいつ手を挙げられても公認が取れるように選対の決定を空けておきたいのです。もちろん私は先生方が手を挙げられたときは喜んで降ります。その約束は必ず守ります」

と懸命に訴えた。

両県議はルブルム先生が公認申請を出すことを快く了承してくれただけでなく、自分たちも君を応援するとまでいってくれた。

それにしてもここまできて、どうしてふたりとも手を挙げられないのか、当選は確実なのに。はじめからの疑問はそのままに、ルブルム先生はついに来年の参議院選挙への公認申請を県連選挙対策委員会に提出した。

選対委は県議、市議など二十七人で構成されているが、党歴、党への貢献度、人物識見、支援組織、当選の可能性など検討しながらひとりに絞っていく。

意外にも参議院選挙の公認申請は締め切り時六人の届け出があった。

そのなかにはベテラン県議も三人名前を出していて、ルブルム先生の危惧はひとり相撲だったのかと思えたのだった。ところがその三県議とも県議選の自民党公認申請がはじまるとたちまち参議選のほうは辞退を申し出、県議選に回ってしまった。

いったい何のため手を挙げたのか、勘ぐれば複数立候補すると見せかけ土壇場で辞退し、大垣氏ひとりになるような工作があったのではないか、ともかんぐられる。

結局のこったのは大垣中央会会長とルブルム先生のふたりだけになった。

もしルブルム先生が手を挙げていなかったならこの時点で公認はすんなり大垣氏に決定していたかもしれない。

ルブルム先生はひとまず初期の役割を果たしたのだった。

ただしルブルム先生も無傷ではない。県議選の自民党公認の道はこの瞬間に閉ざされてしまったからだ。

しかしこれはルブルム先生にとっては大した問題ではなかった。これまで二度の選挙も無所属で戦ってきたのだから。

年が明けるといよいよ選挙の年。四月に統一地方選挙、六月に参議院議員選挙がある。

全国では参議院選の自民党公認候補者はつぎつぎに決定されていき、年を越したのは長崎県を含めて三県だけになった。

自民党本部はその三県の自民党県連に、推薦候補の迅速な決定を迫った。

長崎県連もそのため選挙対策委員会を頻繁に開くのだが、何回開いても話し合いではルブルム先生、大垣氏を一本に絞るまでいかない。選対委員には統一地方選挙に出馬する議員が多いこともあって、いつまでも引きのばしているわけにはいかない。そこで次回選対委員の投票で決着をつけることを決めた。

この決定はルブルム先生には思わぬ誤算となった。統一地方選挙後まで引き延すという約束を果たせなくなるのだ。ここにきてルブルム先生は立ち往生してしまった。

委員会での論議の流れは、農政連が自民党の農業政策に反対の立場をとり、県議選では自民党候補と戦いながら、その長が自民党に公認申請を申し入れるのは、あまりに自民党を愚弄するものだとスジ論が大勢を占めていた。

二月十三日選挙対策委員会が開かれ投票が実施された。その結果はやはり、ルブルム先生二十票、大垣氏六票、白紙一票という結果になって、ルブル先生の圧勝に終わった。

この結果をどう受けとめればいいのか。

あくまでもルブルム先生の心は町村、虎谷両議員のどちらかの出馬である。にもかかわらず統一地方選挙前に選対の結論が出てしまい、しかも自分が推薦されては、いったいどうしたらよいのか。

悩んだ末に両議員に、

「どちらかぜひ、手を挙げてください、私はすぐに公認辞退を選対に申し入れますから」

と訴えた。

ところが両議員とも、自分たちは県議選に出ることを変えるつもりはない、参議院選挙は君たち若い者が頑張りなさい、と励まされてしまった。

どうして私の思いが通じないのか、どうして手を挙げてもらえないのか、依然気持ちの整理がつかないまま、ルブルム先生は県議団の代表のような立場になり、はじめの思惑と少しずつずれを生じはじめた。

菊池君が控室に飛んできた。

「先生やりましたね。おめでとうございました」

と嬉しそうだ。

「じつは私自身まだピンとこないのだ」

ルブルム先生は浮かない顔で返事した。

「あと総務会が終われば間違いないでしょう」

「私はいまでも町村議長がいちばんの適任者だと考えている」

「議長にはそんな気はないようですよ」

「なぜなのかな、そこのところがどうしても理解できない」

「年齢ではないですか。中央政界に出ても五十九歳で一年生では遅いと。そのうえ議長は淡白で欲がない人ですから、いまのままがいちばんいいと考えておられるのではないですか。いずれにしてもここまでくれば差し替えはきかないでしょう」

「そのときは私が公認を辞退するという方法がある」

「もう先生も覚悟を決めて、参議院選に突っ込みましょう」

「そうはいっても大垣派も黙っていないだろうし」

「選対で正式に決まってしまったのだからいまさらなにをいっても後の祭りです」

「そんなものかな」

「いずれにせよ、あとは健康に気をつけて選挙を待つだけです」

菊池君は楽観的だが、ルブルム先生にすればスタートのいきさつからして、どうにも気持ちが吹っ切れない。

後援会のほうは大喜びで、城山後援会長がすぐさま、長崎市医師会の横沢正幸理事をルブルム後援会の副会長として投入、本格的に参議院議員選挙の準備にかからせた。横沢理事はルブルム先生と同じ高校の一年後輩で、最初の県議選以来ぴったり支持してくれていた。

本人が納得しようがすまいが、周囲はルブルム先生擁立で動きはじめた。

(4)

今回の参議院選挙は衆参同時選挙になるのでは、という観測が中央政界で根づよく流れている。そのため地元選出の自民党国会議員は、大票田である農民とことを構えたくない状況にあった。

農協の集票力は医師会と比較すると、

「農民はこの人でいくと上部組織が決めればその通り動く。医師も力を出せば大きな票を持つが、開業医ひとりひとりが一国一城の主で、しかもインテリなので、批判ではじまり動きだすまでに時間がかかる。その点農協は即戦力であり、背は向けられない」

との思いが国会議員団にはあった。

選対委の翌日、二月十四日、農政連盟(十三万五千人)は直ちに反旗を翻した。まず緊急幹事会を招集、大垣中央会長をあくまでも擁して戦うと確認した。

いっぽう、自民党県連も、正式機関の選挙対策委員会で推薦決定したものを覆すのは公党のメンツにかかわるとして、ルブルム先生を推薦するとした十三日の選対委の決定を、二十日までには総務会を開きただちに党本部にあげると発表、農政連をけん制した。

つぎの関門である総務会は会社でいえば株主総会に当たるもので、その賛同は必要条件だが、これまでは選対委の結論がそのまま尊重されることが多かった。県連総務は県下全域、離島の端々まで散らばっていて総数百名を超す。県連が発表したように総務会開催予定が二十日までならあと四、五日間しかなく、とてもルブルム先生は挨拶回りする時間がない。

しかし何らかの手立ては講じておく必要があると、その対策を城山後援会長に相談すると、長崎市医師会役員が力を貸してくれることになった。

日にちがないのでさっそく手分けして、十五、十六日に城山会長が対馬、大村、東彼杵、寺内市医師会副会長が壱岐、諫早、北高地区、波多同副会長が佐世保、島原、南高、それに横沢理事が長崎、西彼、平戸、松浦、北松と、それぞれ県下各地域の医師会長宅を訪問、事情を説明してその地区に在住する総務にその地域の医師会長から働きかけてもらった。

　県連総務会の対策も万端整ったと思われた。

　ところが肝心の総務会が二十日になっても開かれないのである。その理由は総務会長が不在で総務会の招集ができないという。総務会長は今回の参議院議員選挙に自らも公認申請を出したベテランの県議で、すでに参議院選のほうは辞退し県議会議員候補として公認を取っていた。参議院選挙のことを知らないはずはない。

　すでに全国では自民党公認候補がほとんど決定され選挙運動体制に入っているのに、長崎県だけは総務会も開催できず候補者も決まらないでいる。金田県連会長は業を煮やし、県連会長名で総務会を開催しようとしたが、規約上総務会は総務会長が招集しなければならないということで、とにかく急いで総務会長を捜すことになった。

　党本部はこの異常な事態を憂慮したのか、十郎丸幹事長が長崎に自分の秘書を派遣、グランドホテルに陣取って調査に乗りだすという異常な状況になった。

　お呼びがあったわけではないが、本部の幹事長秘書が長崎に滞在しているのなら敬意を表すべきではないかと、ルブルム先生は後援会副会長に就任した長崎市医師会の横沢理事とグランドホテルを訪問した。

秘書は十郎丸幹事長と同じ鹿児島県出身で、四十前後、とくに切れ者というイメージはなかったが、喜んでふたりを迎えてくれた。コーヒーをご馳走になりながら、長崎には仕事でときどき訪れるが観光地が多く、食べ物がうまいなどと雑談が弾んだ。

公認になったらどういう組織でどういうスタッフがいるのかと本来の要件も尋ねられたが、横沢理事が後援会を詳しく説明した。秘書はそれを聞いて安心したように、「それで十分でしょう」と頷いてくれた。

ルブルム先生のほうからも、上京して幹事長に挨拶をしたほうがよいでしょうか？と質問すると、「いま行っても十郎丸は会わないでしょう」と返事され、しばらく考えていたが、「手土産に二千万円でも持参したらどうだか知りませんが」と笑いながらつけ加えた。横沢理事が、「それで公認が決まりますか？」と横から尋ねると、「それは幹事長の腹ひとつでしょう」と返事をはぐらかされてしまった。

もちろんルブルム先生にそんな大金はないし、ただの雑談として聞いたが、何千万という金の単位がさらりと秘書の口から出たのには驚かされた。政界はこんな世界ですよと冗談まじりに忠告してくれたのかもしれない。

総務会長はなかなか見つからないし、総務会がいつ開催されるのか決まらないまま、ずるずると日がたち、その間ルブルム先生は手をこまぬいてただ待つしかなかった。

この時期、誰が仲介したのか知らないが、ルブルム先生は自民党の川元派閥から東京に呼ばれた。

川元和夫会長は財界出身の衆議院議員で、謹厳実直、滅多に笑顔を見せないところから、笑ワン殿下というあだ名をもらっていたが、本格派の囲碁六段と紹介されていたのでルブルム先生は会ってみたいと思った。

ひとり上京して川元事務所を訪れると、部屋には何人かの国会議員が同席しており、簡単な挨拶が終わると、会長自ら単刀直入、川元派に入会してもらえれば選挙の面倒はいっさい自分のほうで見ると明言された。

派閥という存在は社会通念上それが悪であり、とくに参議院は「良識の府」と呼ばれていて、議員それぞれ自己の良心に従って活動すべきだと信じていたので、生意気にもルブルム先生は派閥の長に向かって派閥無用論を述べ、自分は無派閥で活動したいと川元会長の頼みをあっさり断ってしまった。そのうえ返す言葉で川元会長と囲碁を打ちたいと申し出た。

当時総裁候補にすら擬せられていた派閥の長が自ら頼んでいるのを、検討させてくださいぐらい返事すればいいのに間を入れず一蹴し、あまつさえ碁を打ちたいなどと場違いの返事をして、いかにルブルム先生が政治にうとく能天気であるかをさらけ出してしまった。

途端、川元会長はさっと席を立ち会談は一瞬にして終わってしまった。

中央政界とつながりを持つ絶好のチャンスをルブルム先生は自らの青臭い正義論でつぶしてしまったのだった。

選対委員会でルブルム先生推薦の決定がなされて二週間目、ようやく総務会長が現れた。その間どうしていたのか釈明はひとこともなく、ただちに総務会を招集すると発表、急きょ全総務に連絡が取られた。

外国人居留地の面影を残す南山手のホテルを会場としてその三日後待ちに待った総務会が開かれる運びになった。

ホテルの周辺は大浦天主堂、グラバー園などがあり、長崎きっての観光地で、多くの観光客や修学旅行生が、ガヤガヤ、ワイワイと歩いていた。

ホテルのなかは逆になにか物々しい雰囲気で、多くの総務が一様に硬い表情をして会議を待ち構えていた。

ルブルム先生も総務の一員なので会場の席に座っていると、総務会長が近づいてきて、

「先生は当事者ですから、会議中は遠慮してください」

と指示した。

はじめから退室を求められたことには少し抵抗があったが、いわれるまま黙って部屋を出た。したがってその会議の詳細は分からないが、総務会は冒頭から荒れたらしい。

大垣系の総務が選対委員会の選挙による選出方法について拙速であるとか、執行部が強引すぎるとかしつこくクレームをつけた。議長の総務会長は、選対委の決定事項をそのまま認めるかどうか票決で決することを提案、賛成多数で了承された。

ただちに投票がおこなわれ、その結果「可」とするもの三十六票、「非」とするもの四十九票で、選対のルブルム先生推薦はこの瞬間白紙となってしまった。すなわちこの問題は再び選挙対策委員会に差し戻されることに決まったのだ。

選対から総務会開催までは当初、県連の予定では四、五日ということだったが、総

務会長不在でずるずると延び二週間という日時がかかった。

はじめからその予定であったのなら、ルブルム先生自身が総務全員に挨拶回りができたのにと悔やまれたのだった。

改めて選対委、総務会を開催して、参議院議員選挙の推薦候補を決めねばならないことになったが、両会ともメンバーに県議、市議が多く含まれていて、みずからの選挙を間近に控えているので、統一地方選挙が終わる四月二十四日後まで持ち越されることになった。

そのことは参議院選の候補者であるルブルム先生は、三期目の県議選に出馬できないことを意味していた。参議院選挙一本に絞らざるを得なくなったわけだ。ここにきてルブルム先生の腹もようやく定まった。

県議選には出られないので、統一選挙期間は逆に暇になり、これまでの疲れを取るのにいい機会だとみずからを慰めたが、じつはこの考えは甘いものだった。

選挙後には選対委、総務会が開かれることは既定の事実なのだから、ルブルム先生自身はもとより、地域の医師会などを動員して選挙応援、陣中見舞いなど、両委員会に所属する議員の協力を得る努力をすべきチャンスだったのだ。その対応がすっぽり抜けていた。

自宅の前の公園では枯れ枝になっていた南京ハゼ、メタセコイアが、緑のみずみずしい葉をつけはじめ、春の到来を告げていた。緑の葉が一日一日数を増やし濃さを増していく。

騒々しかった選挙カーの連呼がぴたりと止んで、四年に一度の統一地方選挙は終わり、同時にルブルム先生は県議の資格を失った。

さっそく一週間後の午前、まず選対委が招集された。

この委員会では冒頭数人の委員から、決定事項を覆され選対の主体性が傷つけられたという声も上がったが、このような異常な状況下では、選対でひとりに絞るのは今後の県連の運営に支障をきたすのではないか、という意見が大勢を占めた。

そしてルブルム先生、大垣中央会長のふたりをそのまま推薦するという提案がなされると、さしたる反論もなく了解された。

今回は手際よく総務会長が総務会を引き続いてセットしていたので、午後からは総務会になった。

この総務会では大垣派総務が前回につづいて意気盛んで、ふたり推薦ならば一位大垣、二位ルブルムと序列をつけるべきだとか、総務会否決でルブルムは死んだのだから名前を挙げるのはおかしいなど強引な発言がつづいた。それなら大垣氏は前回の選対で死んでいたのではないかという反論もあり紛糾、結局県連の実情を考えるとき、二人併記で党本部に上申することが穏当である、という結論になった。

この総務会の様子は翌日の地元紙がスペースを大きく割いて、つぎのように解説した。

《党公認候補をルブルム氏としていた県連選対委の決定が、県連最終段階の総務会で一転否決された背景としては、一、大垣氏推薦団体・県農政連盟（盟友十三万五千人）の激しい巻き返し、二、ルブルム氏を押してきた一部県連トップの手順に対する反発などが党員間で取りざたされた。先の選対委では、農政連は一部の地方選では自民党のライバルとする県議らの反発が根強く、ルブルム氏に軍配があがった。これに対し農政連側は、国政選挙では強力に自民党支持を続けてきたと、大垣氏を無所属でも出馬させるとの強硬姿勢を見せながら、東京を主舞台に逆転公認に努めてきた。この中で地元国会議員は大半が、農業団体を敵に回したくないとの意向を示したといわれ、系列の県議らへの浸透が注目されていた。

一部党員の間では、ルブルム氏決定に至る手順をめぐり、県連トップへの反発も強かった。党本部から候補者の早期決定を迫られていたこともあったが、先の選対委の決定は予想に反するスピードでことが進んだとの感はあった。そのことに対し、自分たちの目指す結論に急いだのではないかとの不満もあった。

これで公認問題は一応振り出しに戻った形だが、事実上大垣氏浮上を意味するとの受け取り方が有力。衆参同時選挙も予想されるこの時期に、あえて農政連と事を構えたくないとの党員感情などが理由に挙げられている。農政連幹部は、党公認は取れたも同然との強気の読み。だが医師会をバックとするルブルム氏は、『これで一勝一敗になっただけ、今後も党公認取り付けに努力する。私の出馬の決意はぜんぜん変わらない』とし、最後に選ぶのは県民だとの構え。県医師会の対応が注目されるところ。

一方、選対委員の間では、選対委の権威はどうなるのか、たとえ総務会で決定しても最終決定権は党本部。何のための議論なのだといった新たな不満も生じている。今後、県連三役ら執行部が調整に入るが、結果次第では党内に亀裂が生じ、そのまま統一地方選や国政選挙に尾を引くことになりかねない》

ルブルム先生はこの解説を、これまでの経過、これからの予測をある程度正確に見通していると読んだ。

農政連は統一地方選挙期間中に中央工作に精を出し、地方選挙も自民党候補に協力してしこりをなくす努力をしていたのだった。その間ルブルム後援会も医師会もそのようなことは思いもつかず、ただ統一地方選挙が終わるのを待っていただけだった。

この差は大きかった。

自民党県連総務会がひとりに絞ることなくふたりとも本部にあげ、本部の決定に委ねるとしたのは一見痛み分けのように見えるが、実際はちがう。ルブルム先生は一勝一敗と強がりをいっては見たものの、間違いなくこの県連段階の勝負は農政連側が勝利したも同然だった。

菊池君から電話が入った。

「やられましたね」

「まいった」

「選対の票読みでは金田県連会長も感心されたと聞きましたが、総務会はえらく読みちがえましたね」

「読みちがえたというより読んでなかった。面目失墜だ」

ルブルム先生は情けなさそうに言葉を吐いた。

「ところで先生はグランドホテルに十郎丸幹事長の秘書を訪ねて行ったことがありますか」

「あー、横沢君とふたりで表敬訪問した」

「そのときルブルム後援会のことを尋ねられましたか」

「調査に役立つだろうとできるだけ詳しく説明したが」

と返事すると、菊池記者はため息をついた。

「先生方は本当に間抜けですね」

「何が？」

「あの人は十郎丸幹事長の秘書だけど私設秘書で、党からの派遣でもなんでもないのですよ」

「えっ、そうなの。私たちは長崎県の公認があまりに遅れているものだから、党から調査に来られたものとばっかり思っていたが。じゃ、いったいなにしに来たの？」

「総務会が総務会長の不在で二週間延びましたよね」

「そうなのだ。大事なときに総務会長が不在なんておかしいだろう」

「その二週間、総務会の多数派工作の指揮を取っていたのですよ」

「なに、大垣氏の応援に来ていたというのか」

「もちろん、必死に総務をひとりずつ落としていったのです」

「総務会長が見つからなかった期間、向こうは総務会対策をしていたのか」

「総務会が延びたのもそのためです。おおよそ目途がついたところで総務会長が出現したという段取りです」

「総務会長もグルだったというのか」

ルブルム先生は思いもよらぬ話に仰天した。

「しかし、驚いたなあ。私も横沢君も党からの派遣とばかり信じていたのだから」

「敵の大将にこちらの手のうちを見せに、わざわざ出むいたようなものですね。先生たちは総務会の当日、大垣派が離島、へき地からの総務を、飛行場や船着き場に車で送り迎えしていたことも知らないでしょう」

「えー、そんなこともしていたの。まったく知らない」

「先生の陣営もそのくらいのことはすべきだったのですよ」

「そこまでは気が回らなかった」

「お金の話もあったそうではないですか」

「私が、十郎丸幹事長に挨拶に行ったがいいですか、と尋ねたら、二千万円ぐらい手土産で持っていけばといわれた」

「持って行ったのですか」

「冗談じゃない、そんな金どこにある」

「なくってよかったですね。敵に追い銭になるところでした」

あの秘書が、県連総務会の多数派工作のため、長崎に二週間も泊まり込んで陣頭指揮を取っていたなんて。総務会長としめし合わせて工作ができあがるまで総務会を抑えていたなんて……。

ルブルム先生には驚きの連続だった。

「しかしなんでそこまで大垣支援をするのだ」

「それが派閥というものですよ。大垣氏は当選した暁には田中派に入ると約束しているのです」

「派閥はそんな卑劣なことまでして人を増やしたいのか」

「国会は派閥に動かされ、派閥は議員の数が力です。だから議員ひとりを命がけで確保するのです」

ルブルム先生は川元派閥会長と会見した場面が脳裏に浮かんだ。あとから知ったのだが、川元会長は三木派の後を受けついで反田中派を貫き通していた気骨のある人だったのだ。あのとき川元和夫会長はきっとルブルム先生に期待して必死の思いで勧誘されたのだろう。それなのにルブルム先生は囲碁を打ちたいなどと間の抜けた返事をして呆れられてしまった。

菊池君は最後に、

「先生の純粋さは評価しますが、これで少しは選挙の恐ろしさを知ったでしょう。総務会で秘書の工作に応ぜず先生に投票してくれた三十六人の総務がいたことには、しっかり感謝してください。そしてこれからもっともっと驚くような工作が繰り広げられるでしょうから、十分注意を払ってください」

と念を押した。

(5)

選挙の投票日は六月三日と決まっているのに、五月に入っても長崎県ではまだ自民党の候補者が決まらない。ついに公認候補が決まらない最後の県になってしまった。ルブルム先生は選対委のスタートダッシュこそよかったのだが、総務会で選挙戦の無知から相手の強烈なパンチを食らってしまった。

それでもありがたいことにルブルム後援会の士気はまったく落ちなかった。かえってルブルム先生の素人っぽいところが大垣氏と対照的で、県民の評判は決して悪くないと判断していた。

ルブルム先生もあまりの仕打ちに、出馬当時の中途半端な気持ちにけりがつき、こんな卑劣な選挙は許さない、なにがなんでも戦い、勝ってやると奮い立った。

そのころ、中央政界は――。

十年前の昭和四十七年（一九七二）、国会では田中角栄氏が総理大臣に選出された。角栄氏は小学校卒ということと独特の庶民性で今太閤ともてはやされたが、いっぽうでは八十一人の国会議員からなる大派閥も華々しく旗揚げした。

その手腕の影には当初から金権政治の気配がつきまとっていたが、二年後にはロッキード疑獄の追及を受け、ついに受託収賄と為替法違反で起訴され総理の座を辞さざるを得なくなった。

にもかかわらず奇妙なことに田中派はいっそう国会議員の数を増やし、政界にこれまで以上の力を有するようになった。

福田、大平、鈴木、中曽根と歴代内閣が変わるたびに田中派は総理指名の決定権を持ち、総理・総裁を目指す者は田中派の同意が不可避といわれるほど権力を振るった。その田中派の大番頭が十郎丸健氏である。十郎丸氏はあわせて幹事長という自民党の要職も兼ねていた。

刑事被告人が巨大派閥を維持し党も国政も支配したというのは、日本国政史上類を見ないまことに異常な時期だったといえよう。

長崎県連総務会が、参議院議員公認候補を二人併記で党本部に挙げると決めたとき、農政連幹部が公認はもらったも同然とうそぶいたのは、この中央情勢と大きく関連している。

大垣氏はこの強力な田中派のバックアップを受けていたのである。

そのことをルブルム先生もルブルム陣営もまったく知らなかった。中央政界の事情に疎く情報不足もいいところだ。

では田中派をバックにした大垣氏が党本部ですんなり公認になるかというと、必ずしもそうとは言いきれない面もあった。

当然田中派以外の派閥は、田中派がこれ以上膨張することは阻止したいのである。

また大垣氏には足元の農協から、農協預金の不正流用の噂があり、それをめぐって怪文書も飛び交っていて、農民が選挙に向けてひとつにまとまるかどうかの疑問もあった。

そういう状況を見据えながら、ルブルム後援会は党本部公認に向けてベストを尽くそうと団結した。

そこでまず後援会の力を誇示しようと、県下で総決起大会をつぎつぎに開催していった。

・四月二十四日＝島原大会、島原アリーナ、参加者千五百八十人（会場定員千人）
・同二十八日＝佐世保大会、佐世保市民会館、参加者千五百五十人（同千二百人）
・四月三十日＝諫早大会、諫早文化会館、参加者二千六百六十人（同千三百人）
・五月一日＝長崎市大会、長崎市民会館、参加者千五百五十人（同千人）

いずれの会場も盛況を極めた。

とくに長崎市大会では日本医師会から菅野常任理事も駆けつけ、諫早では会館内に入れない人であふれた。

後援会はこの決起大会の盛りあがりに、ルブルム先生への県民の期待を肌で感じ、大いに気をよくした。

党本部へも同時並行して、長崎県医師会が日本医師会にお願いし、直接自民党と交渉する場をつくってもらった。

四月一日、多喜山県医師会長、今里副会長がルブルム先生を同行して上京、日本医師会に協力を要請、十八、十九日には県選出国会議員、自民党本部を回った。

五月に入っても本部が公認決定をできないでいるのを見ると、チャンスとばかり、今里副会長がルブルム先生を伴い九、十日両日にかけて上京、強力に「公認」を要請した。

五月十三日に自民党本部選対会議が開かれるというので、花木康郎日本医師会会長が急きょ長崎から今里副会長を呼び出し、一体となって十郎丸幹事長に働きかけることになった。この十郎丸幹事長との会談には、日本医師会がこの参議院選挙で推薦している比例区候補、湧川方栄氏も同席して応援してくれたという。

このように地元県市医師会の活発な運動で、医師会、歯科医師会、薬剤師会の三師会それに看護協会、医薬品業界などを巻きこんで、幅広い後援体制ができあがってきた。

長崎市医師会役員会の席上、十郎丸幹事長が鹿児島県出身だから、鹿児島県医師会にも働きかけてみたらどうだろうとの提案が出た。

それはいいかもと、当たって砕けろと直ちに横沢理事が鹿児島へ飛んだ。

すぐに豊島鹿児島県医師会長に面会、現況を説明し協力をお願いしたところ、豊島会長はたいへん乗り気になり、その場で地元の十郎丸氏最側近と目されていた森岡市議会議長を呼びだし、ぜひ協力するようじきじきに説得してくれた。

さらに十郎丸氏の秘書、岩崎肇氏が鹿児島選挙区の参議院候補になっていたが、いまひとつ人気がなく、その推薦方を頼まれていた豊島会長から、「推薦条件に長崎のルブルム先生公認を加えるからガンバレ」と激励してくれた。

また十郎丸幹事長の娘婿が宮崎市で開業している、と耳寄りな情報も教えてくれ、横沢理事はその足で宮崎へ飛んだ。

横沢理事はまず黒水宮崎県医師会長に会い、娘婿・橋口利行先生への紹介状を書いてもらった。

その際黒水会長は、九州地区で資金カンパをしたらどうだ、と温かい言葉をかけてくれたという。

橋口先生は実直そうな温厚な医師で、横沢理事から事情を聞くと気持ちよく十郎丸幹事長に直接電話を入れてくれ、力強くルブルム先生公認をお願いしてくれた。

横沢理事が九州を飛び回っている間、ルブルム先生はルブルム先生で、長崎県内をフル回転で走り回っていた。

参議院議員選挙区は全県下で、県議選の長崎市だけとは比べものにならないほど広い。とても選挙に入っての十七日間では回りきれない。

離島、へき地などはじめてのところも多かったが、回ってみると反応は決して悪くなく、これならたとえ無所属でも選挙は勝てるのではないかと内心思わせたほどだった。

豊島鹿児島県医師会長からは城山後援会長もたびたび激励を受けた。

先日も、岩崎肇氏の推薦を県医師会で決定したので、今度は豊島の顔を立ててくれと十郎丸幹事長にルブルム先生の公認を強く要望したところ、

「長崎の問題は頭が痛い。自民党全体からすれば農民票が多いので粗末にはできないし、宮崎の嫁も何とかしてくれと食いさがってくる。困った、困った」

と、こぼしていたと聞かせてくれた。

九州はひとつという言葉どおり、九州医師会の力強い協力は限りなく心強いものだった。

九州の医師会あげての支援をもらい、日本医師会長の十郎丸幹事長への働きかけもあってか、自民党本部での長崎選挙区の公認決定はさらに延び延びになり、公示の直前まできてしまった。

公示日まであと二十日と押し迫った五月十三日、党本部で最後の選対幹事会が開か

れた。この場でも長崎選挙区についてはあれこれ意見が交わされたが結局まとまらず、ついに十郎丸幹事長一任ということで最終決着した。

この結論は十郎丸幹事長に長崎の公認を預けるということだから、田中派の大番頭である氏の腹は誰にでも読める。城山後援会会長の元には県選出議員の金田順三県連会長、倉橋代議士からルブルム先生の公認は極めてむずかしくなったとの連絡が入った。公認問題がここまで時間がかかったのは、ルブルム後援会の運動が効を奏したからなのか、十郎丸幹事長が手順を踏んだと見せかけただけのか。

いずれにせよ、この結果またもやルブルム先生は一敗地にまみれることが明らかになった。

しかし党の公認が単に田中派に属するかどうかで決まるとは、天下の公党としていかがなものかとルブルム先生は強い違和感を覚えた。

後援会のなかでも若いメンバーはこの成り行きに反発し、無所属でも絶対に勝てると気勢をあげ、看護協会、医師会夫人部など女性陣も逆に一気に燃えあがった。

ルブルム先生を無所属でも出馬させるかどうか。

城山後援会会長はまず県医師会に意見を聞きたいと申し入れたが、県医師会側からは、正式に公認が出るまで急ぐ必要はないという返事だった。

しかし後援会側は逆に、公認が出てから対応を検討するのは迫力に欠けると判断、市医師会は独自に現下の県内情勢、資金、組織などを分析し、その結果「無所属で戦っても勝てる」と一致、県医師連盟に常任執行委員会を開催してもらうよう強く求めた。常任執行委員会というのは各郡市医師会長、県医師会常任理事で構成されていて、医師連盟の意思決定に大きな力をもっている。なにせ選挙まで時間がないので長崎市医師会としては早く方針を決めてもらいたいのである。

五月二十三日。

県医師会館で開かれたこの委員会は、初めに公認がどうやら無理のようだと今里副会長から説明があり、その場合県医師連盟はどう対応すべきかと意見を求めた。多くの委員からは、ここで下りたらデメリットが大きい、やったら十分勝てる、やらないのは卑怯だなどと強硬論が大勢を占め、進め、進めの一方的な雰囲気になった。

五月二十五日。

党本部では金田県連会長が十郎丸幹事長に呼ばれた。この席で幹事長から、ルブルム氏の処遇をどうしたらいいかと尋ねられ、金田会長が公認は農協に決まったのかと問い返すと、慌てて逆の場合もいっしょだと返事したという。

そのいきさつを電話で聞いた横沢理事に、

「これで万策つきたな」

と金田会長はため息を漏らした。そのうえで、

「やれば医師会が勝つと思うが、県選出の国会議員は三対五か三対三対二になるかどうかだか、分から　ない。だから周囲を気にしないで華々しくやればいい」

と心情あふれる言葉を添えてくれた。

すでに十郎丸幹事長の関心は公認決定後の保守候補一本化に移っているのだった。

たしかにルブルム先生が無所属で出馬し、保守票が二分されれば、社会党候補が漁夫の利を得る可能性はある。

しかしルブルム先生も後援会も、無所属で出ても自分たちは勝てると信じ切っていたし、これまでの党本部の不快な工作に反発して、一本化に協力する気はみじんもなかった。

五月二十六日。

十郎丸裁定はまだ正式には出ていなかったが、午後二時から県医師連盟執行委員会

が開かれた。

多喜山委員長が病気入院中ということで、今里副委員長が議長になり、保守系を二つに割ってもルブルム先生を出すかどうか論議が戦わされた。その会議の大勢はゴーであったが、今里副会長は慎重に言葉を選び、

「やるかやらないかの採決をきょうは避け、自民党の正式公認決定が出た後もういちどこの会を開いて最終決定をする。ただ対外的にはゴーで打ちだす」

という、まことに歯切れの悪い発言で締め括った。

午後六時からはルブルム後援会代表者会が開かれた。城山会長は県医連執行委員会の模様をありのまま述べ、「非公認になった場合もゴーで行くのでよろしくお願いしたい」と挨拶した。

それを受けルブルム後援会は直ちに選挙態勢に入った。

選挙公示まであと一週間、事務所の体制、選挙カー、ポスター、葉書などの準備が慌しく開始され、同時に自民党非公認になることを前提に、公明党、民社党との接触も模索し始めた。

後援会は事実上選挙態勢に入ったのだ。

午後九時半から市医師会は臨時理事会を開催､選挙対策を具体的に検討していると、途中県医師会から次回の医連執行委員会は六月一日に決定したと連絡が入った。六月一日といえば公示の前々日である。もうあと一週間しかないというのに、これが選挙をやろうという者の決めることかと憮然としてしまった。

五月二十七日。

ルブルム先生は自民党公認裁定に呼ばれ急きょ、上京。

党本部の幹事長室に入ると、十郎丸幹事長は椅子に座ったままルブルム先生に、

「党と県連とでよく話し合って処遇は決めるから」

と、裁定はそれだけの言葉で終わった。

ルブルム先生はもう公認の期待はしていなかったが、形式的には長崎県連からあがってきたふたりを前にして正式に裁定を申し渡すのだろうと思っていたのに大垣氏の姿はなく、気が抜けたような裁定だった。

いずれにしても公認がもらえないのは分かっていたので、横沢理事にもいっしょに上京してもらい、無所属で出馬する旨を県選出の自民党国会議員に伝えてもらった。横沢理事はたまたま帰りの飛行機で金田大臣と一緒になって、

「一生に一度しかこんなことはないから悔いのないようにやりなさい」と温かい言葉をかけられたと感激していた。

五月二十八日。

午後、県医師会の全理事会が開かれ、その席上ほとんどの理事が「医師会はなめられている、ルブルムを絶対にやらせるべきだ」という発言ばかりで、そんなことならとルブルム後援会は公示の六月三日に向け、どんどんやるぞと勇みたった。

いっぽうルブルム先生はこの日開かれていた自民党県連大会会場に赴き、これまでお世話になった個々の国会議員、県議会議員にお礼を述べ、「明日十二時三十分離党届を提出し、午後一時に出馬表明をする」と段取りを説明させてもらった。

この日の県連大会は県連役員改選の年に当たっていて、県連会長が金田順三会長から白川仁吉代議士に、幹事長が虎谷一夫幹事長から阿比留恒夫県議に交代した。

着々とルブルム先生も後援会も戦う体制を整えていった。そこには、この選挙は無所属でも絶対に勝てるという自信がみなぎっていた。

とくに城山会長の率いる長崎市医師会、有志会をはじめとする若者、看護連盟など女性団体は決戦をいまや遅しと待ち望んでいた。

（6）

鹿児島県豊島医師会長から「自民党の公認が取れなくて申しわけなかった。鹿児島の医師会員は無所属で出られてもかならず応援するから頑張ってほしい。地元の参議院候補、岩崎候補は医師会では評判を落としたようだ」と連絡があった。

宮崎の黒水会長からも自民党公認などどうでもいい、九州の医師会で応援するから大丈夫だと励まされた。同じく宮崎の橋口医師からは力及ばず申しわけなかった、と沈痛な声でお詫びの言葉をもらった。

ルブルム後援会は自民党の公認はもらえなかったものの選挙に臨む姿勢はかえってすっきりし、しかも九州の医師の力強い支援もあり、いやがうえにも盛りあがった。

なにせ時間がない。準備は大わらわで、青年部、婦人部などは深夜まで打ちあわせ。ルブルム先生は公示までの残りの時間を、選挙期間中行けそうもない組織や会社への最後の挨拶回りに全力を注いだ。

五月三十日。

午前零時という深夜、浦川事務長が、さらに午前一時に城山会長が県医師会館に急きょ呼び出されるというハプニングが起こった。この深夜に今里副委員長の下で県医連常任執行委員会を開くという。もちろん異例なことだ。

議題はルブルム先生の参議院選出馬についてだが、その場で「県医師会執行部は無所属での選挙はやりたくない」と主張したのだった。

二日前の二十八日、県医師会全理事会では積極論に同調していながら、ここにきて百八十度違った意見を表明したのだ。

あまりのできごとに城山会長も驚いて、

「大多数の意見がまとまったら、少数派もそれに従うというのが組織ではないか」と強く主張したが、県医師会側の反応はまったく鈍かった。

なにがなんだか分からないまま、会は県医師会が意思表示を行っただけで一方的に閉じられた。

そしてその日の午後、横沢理事は自民党の金田前県連会長に呼びだされていた。

「いったいどうしたんだ。けさ、今里、森田県医師会副会長が家に来られたが、医師会は腰抜けになっている。今里副会長から『昨夜、常任理事会を開いたが、このままでは会員の合意が得られなくて医師会は分裂する』といっておられた。昨夜やらんと決めたのか」

と詰問されたが、横沢理事は深夜の会議には出席しておらず、横沢理事自身にとっても寝耳に水だった。

さらに横沢理事は阿比留新県連幹事長から急きょ面会を求められた。急いで自民党県連に駆けつけると幹事長は、

「私もきょうまでルブルム先生とは盟友としていっしょにやってきたが、ここまできたらどうしようもない。保守一本化に協力してくれるよう君からもルブルム先生を説得してもらえないか」

と、辞を低くして懇願した。

阿比留幹事長は離島の出身。通算四期のベテラン県議で、ルブルム先生が二期目の当選を果たしたとき、一人区で自民党公認候補を破って当選、無所属クラブで二年間いっしょに活動したことがある。先日の自民党大会で県連幹事長に指名され、この参

議院選の責任者になったばかりである。

幹事長は保守一本化の条件として、ルブルム先生を自民党比例代表に名を連ね、私と党本部が責任持って処遇するとの一筆を入れるという条件をだした。

横沢理事は県医師会の不可解な態度変更に立腹していたので、

「比例名簿の後のほうに載せてもらっても意味がありません。またルブルム先生は金をもらって下りるような男ではないし、一円たりとももらったら政治生命は終わります」

といっさいの条件を拒否、不出馬はありえないと申し入れをきっぱり断った。

午後七時から県と市の医師会執行部の懇談会が開かれ全員で話し合いがおこなわれたが、ルブルム先生の参議院選出馬を巡っては県市両医師会の意見はまったくの平行線で終わった。

県医師会の真意がつかめないので青年部は県医師会館の前に座り込むといきり立ち、城山会長がしばらく時間をかしてくれと青年部をなだめる一幕もあった。

五月三十一日。

選挙公示の三日前である。

翌日県医師連盟執行委員会開催がすでに通知されていたが、県医師会の姿勢がここにきて大きく変わり、この委員会がどのような結論を出すのか、まったく予断を許さなかった。

執行委員会が県医師会の態度を決定する最後の場になるだろうと考えた城山会長は、「金田代議士にこれまでのご指導、ご協力にお礼を申しあげるように」と横沢理事を上京させた。

たまたま阿比留幹事長から横沢理事に電話があり、その会話のなかで上記の件を伝えたところ、幹事長は自分も同行したいと申し出、いっしょに上京することとなった。

東京ではまず議員会館を訪れ、初めに横沢理事だけで金田代議士に面会、城山会長の謝意を伝えた。代議士からは、

「君にもやりがいのある選挙だろう。しかし党本部の条件を聞かないのはよくないのではないか。白川県連会長のご意見も聞いたが、もし明日の医師連盟で退かざるを得ないようなことになったらいけないから、ルブルム先生が今後国政選挙に出るときは新人として最優先するという、紙一枚かも知れないが念書をもらって、新聞にでも発表しておいたがよいと思う」

と助言された。

そのあと阿比留幹事長も入り、三人で話し合いをするなかで、

「ルブルム君は絶対下りないといっているそうだが、それはそうとして君も同行したらどうだ」

と金田代議士に勧められ、横沢理事も阿比留幹事長とともに大沢一郎総務局長室に同行した。

局長は、長崎同様公認でもめていた大分県連の念書を準備している最中で、横沢理事にもそれを見せてくれたが、それは党本部から大分自民党県連に対するものだったのでいっさい口出しせず、「せっかく上京したのでこの際、十郎丸幹事長にもご挨拶したい」と申し出たところ、快く自ら院内の幹事長室まで案内してくれた。

十郎丸幹事長はふたりを見ると椅子から立ちあがって傍まで来て、

「君が横沢君ですか。橋口からも鹿児島県医師会長からもルブルム先生を頼むと再三頼まれ、今度のことでは長崎の医師会にすっかり借りを作ってしまいました。ルブルム君の処遇については私が一札書いてもよいが、大沢君に指示しておいたのでそちらでもらってください。かわりに湧川方栄先生の件は十分考慮します」

とみずから話しかけてきた。

横沢理事は湧川方栄という名前が出たので一瞬驚き、私は湧川先生のことで来たのではない、と口から出かかったが、それも大人気ないと考え直し、

「宮崎県の橋口先生のところに何回もお伺いして、さぞご迷惑だったと思います。よろしくお伝えください」

とだけいって退室した。

湧川方栄氏は自民党比例区公認の新人候補である。沖縄県出身の医師で、今回の参議院議員選挙で日本医師会が推薦している。

一口に参議院議員選挙といっても大きくふたつに分かれる。ルブルム先生が出ようとしている都道府県単位の選挙区選挙と、全国が選挙区の比例区選挙である。

日本医師会はこの比例区に毎回身内候補を自民党から立て、常時参議院議員二人を擁してきた。三年前の選挙でも日本医師会推薦の阿部茂氏が百二十七万票を獲得、五十名中第三位、自民党ではトップ当選を果たした。

ところがこの比例区の選挙方法が今回から大きく変わることになった。

比例区は全国が選挙区なので候補者は全国各地を回らなければならず、そのため莫

大な選挙費用がかかり、また労働組合・業界団体・宗教団体などの大きな組織を持つ候補や、知名度の高いタレントなどに有利であると批判が続出、今回から比例区はこれまでのように直接候補者名を書くのでなく、支持政党名を投票するように変更された。

各政党は選挙公示日に、順位をつけた候補者名簿を選挙管理委員会に提出し、それぞれの政党が獲得した票数に応じ当選者数を決め、各政党はその数だけ名簿順位の上位から取っていくという、拘束名簿方式と呼ばれる制度に変わった。

したがって日本医師会はこれまでのように全国の医師に、「湧川方栄」と書いてくれるように頼むのではなく、「自民党」と政党名を書いてくれるようにお願いすることになる。

そうなると自民党が提出した名簿の何位に湧川方栄氏がランクされているかが当選の大きなカギになる。

医師会がいくら自民党票を獲得しても、湧川方栄氏のランクが自民党当選者数より下なら落選である。

得票数にもよるが、自民党の場合、名簿順位が十位までなら二重丸、十五位まではほぼ大丈夫、二十位以下ならむずかしいというのが大方の見方であった。

花木康郎日本医師会長は昨年会長に就任したばかりで、参議院議員選挙は初めて。今回から導入された拘束名簿方式によって大きな試練に立たされることになった。三年前の参議院選挙で前日本医師会長は阿部茂氏を自民党トップで当選させているのだから、今回湧川候補を落とせば辞任ものである。そのため何が何でも自民党に名簿の上位にランクしてもらわねばならない。

十郎丸発言は、ルブルム先生を下ろして長崎県の保守一本化に日本医師会が協力するならば湧川氏を比例順位で優遇すると暗にほのめかしているのだ。

阿比留幹事長が大沢総務局長から一札もらって廊下に出ると、新聞記者たちが待ちかまえていて、

「日本医師会のほうからルブルム先生が下りるという情報が当方に伝わってきています。その条件は何かということを探ってこいと指示されているのですが」

としっこく食い下がり、阿比留幹事長は、

「下りるとは聞いていないし、もちろん条件なんかもない」

と何度も繰り返した。

六月一日。

県医師連盟執行委員会の日である。

帰崎した横沢理事が朝から長崎市医師会館で城山会長に東京での報告をしていると、そこに阿比留幹事長が現れた。

「どうか保守一本化にご協力を賜りたい。条件の念書には県連から白川会長と阿比留が署名し、後援会と医師連盟に一札ずつ入れる」

と懇願した。城山会長は、

「ルブルム君の気持ちと後援会の意見を聞いていないので、いますぐの返答はできかねる」

と答えると、阿比留幹事長はさらに「今日の県医師連盟執行委員会にぜひ出席させてほしい」と頼みこんだ。阿比留幹事長も自民党県連幹事長に就任し、初仕事で大役を背負い懸命である。

城山会長は、

「委員会の初めに幹事長の挨拶を聞くかどうか私から提案してみましょう。それで賛同を得られたら連絡しますから、どうか自民党県連で待機していてください」

と約束して別れた。

横沢理事はその足で後援会事務所にいき、ルブルム先生と浦川事務長にこれまでの経過を報告した。ルブルム先生の気持ちが変わっていないことを確認すると昼食をとって、すぐさま午後一時からの長崎市選出の県医師連盟執行委員との打ち合わせ会に出席した。

その席上で城山会長は五月二十九日から三十日にかけて開催された徹夜での県常任理事会の経過報告をし、県医師会の考えが一日で逆転したこと、看護協会を始め後援者の多くは強気であることなどを説明した。

そのうえで、

「本日の県医師連盟執行委員会が軽々に採択すると、ゴーの場合反対の郡市医師会はお前たちで勝手にやれといいかねないし、ノーと出ると医師会はなんと情けない組織なのだとなり、どちらに転んでも好ましいことではない。したがって決をとらず徹底的な話し合いをおこない、ゴーと決定したら反対派もそれに従ってもらい、最後は一枚岩で行動すべきだと思う。そう自分は主張しようと考えている。決して自分の決心が軟化したのではないが、慎重にやるべきである」

と胸中を述べた。

また、引くときの条件はなにが提示されたのかという質問に、

「党本部が自民党県連にたいし、ルブルム君を新人として今後最優先で処遇するという一札を入れ、それに白川県連会長と阿比留幹事長が署名し、覚書として県医師連盟とルブルム後援会に渡すというもので、ほかになにもない」

と説明した。

賛否両論あったが大勢はゴーとなり、最終的には高木総一郎執行委員の言を借りれば、

「源氏との骨肉相食む争いで平家が滅びた史実と比べたとき、壇ノ浦で一族郎党海底の藻くずと消えたほうがすがすがしい」

という言葉が満場一致で了承され、選挙はやると決まった。

(7)

六月一日午後二時。

いよいよ第二回長崎県医師連盟執行委員会が開会された。

会議場は三階の大会議室で、医師会の最終決定がなされるとあってマスコミも押し寄せたが、すべてシャットアウトされた。

開会に先だち阿比留幹事長の挨拶の場がもうけられた。

幹事長は初めに挨拶の機会を与えてもらったことにお礼を述べ、明後日公示される参議院長崎選挙区の分析をした。

「長崎県有権者百十一万人中有効票七十万、このうち社会党、共産党で三十万票、残り四十万票を保守で二分すると二人とも当選はおぼつかない。保守を一本化しなければこの選挙は社会党に勝てない」

と情勢を説明、結びに、

「まことに申しあげにくいが、ルブルム先生の処遇には全力をつくすので、皆さんに涙を呑んで協力していただきたい」

と訴えた。

これにたいし三、四人の委員から、ルブルム先生の処遇に具体性がないなどの声があがったが、

「私がルブルム先生の盟友として最大限の努力をつくす」

と力説し、退席した。


会議がはじまった。

まず今里副委員長が、

「きょうまで考えられることをすべてやってきたが、二十七日自民党非公認となった厳しい現実をみて、議論してほしい」

と切り出し、厚生省発表の病医院の診療報酬格差問題、湧川参議員候補の公認問題を交えて挨拶された。

ついで城山後援会長から、

「後援会は強気であるし、いつでも動けるようにきょうの結論をまっている。ただ医師会は一本でやるべきだし分裂は避けなければいけない。そのために時間をかけて充分話し合ってほしい」

と発言した。

ルブルム先生は、

「これまで日本医師会をはじめとして多くの医師会および会員にお世話になりました。あとは先生方にすべてお任せします。神にも祈る気持ちです。どうぞよろしくお願いします」

と挨拶、委員会はルブルム先生を退席させて協議にいった。

郡市医師会から選出された各委員の発言が活発に交わされはじめると、県下各医師会の対応が次第に明らかになってきた。

総括すると、長崎、島原、西彼医師会はゴー、佐世保、平戸、大村医師会は積極的ではないがやると決まったらやる。南高は非公認なら退くのが妥当だが、やると決まればやる。諫早は態度を明らかにせず、福江、南松、北松医師会はノーだった。

それぞれの医師会のスタンスが明らかになったところで会は休憩に入った。執行部から、今後の運営方法、結論の出し方などについて、その休憩の間に協議したいとの提案があって、別室で常任執行委員と各郡市会長の合同会議が開かれた。

この間、ルブルム先生は浦川後援会事務長とふたり、二階の別室でじっと待機させられていた。

明後日から選挙という切迫した日に、何の連絡も報告もないまま、ただ黙ってまっているだけというのはとても苛立たしい時間であった。

別室の合同会議が小一時間で終わり、委員会は再開された。

その冒頭に今里副委員長は、

「合同会議で慎重に検討したが、ルブルム君から、本日の県医連執行委員会の模様をみて、医師会の分裂の恐れがあり、また保守分裂選挙の懸念を憂慮されての自民党県連会長、幹事長の強い申し入れもあり、これ以上みなさまにご面倒をかけるのは忍びないので、推薦願いを取りさげるとの申し出があった。また県連から出した五項目の要望にたいし、党が全面的に受け入れるとのことなので、これをうけて県医連によるルブルム支援を終了する」

と、一方的に選挙支援を打ち切ると通告、つづいて城山後援会長から、

「ルブルム君が自発的に下りたのではない。県医連の状況を説明し、自民党の保守一本化に協力することをルブルム君に伝え説得したところ、ルブルム君もこれに理解を示したのだ、ということにしてもらいたい」

と、含みのあるいいまわしで説明された。

この合同会議の報告をうけて委員から、ルブルム支援打ち切りを合同委員会だけで決めたのはおかしいとか、要求五項目の内容にたいする不満などが出たが、本人が辞退したとあればこれ以上議論しても仕方がないと質疑は打ち切られた。

その後、急いで駆けつけた阿比留幹事長に、今里副委員長が執行部で用意した五項目を一項目ずつ読み上げ、同意を求めるという作業に移った。

一、自民党本部と日本医師会との問題について
全国比例制参議院議員選挙における日医推薦の湧川方栄氏の上位ランク付けに最大の努力をすること
二、自民党県連と長崎県医連との問題について

長崎県政の推進にあたり、今後とも県医連の意見を重視し、これを県民に対する
衛生行政に正しく反映させること

三、自民党県連と長崎県医師会との関係
医療における学術専門団体である県医師会の地域医療策定計画を尊重し、正しい
県民医療のために政治団体として協力を惜しまないこと

四、公認決定に至る自民党県連の責任問題について
今回の公認決定の異例というべき混乱のうちに遷延した責任の大半は自民党県連
にある。県政における第一党としての良心を持って、県医連および候補者にその
旨を陳謝し、責任の解決方法を具体的に示すこと。

五、候補者ルブルム氏の今後の処遇については党本部及び県連は責任を持って善処せ
られたい。

以上の条件が満足されない場合、県医師連盟は従来の姿勢を変更することなく、県
民の良心に訴える政治活動にただちに突入する。
誠意ある回答が県連にて認められる場合は、県連の保守分裂による混乱を避けるよ

う県医連は全力を傾注し、事態の収拾に努力し、正しい県民医療の確保に専念すべく日常診療活動に専念する。

以上

阿比留幹事長は一項目ごとうなずきながら五項目を確認した。そのうえで、

「すべて了解しました。忠実に要求は守ります」

と確約して退席した。

会議室で一連のドラマが進行しているあいだ、ルブルム先生は呼びだされることも、なんらの報告もなく、別室に待機させられたままだった。そしてなんの前ぶれもなく突然会議室によばれた。

案内されて会議室に入ると、今里副委員長が開口一番、ルブルム先生に挨拶するよう促した。

挨拶せよと突然いわれても状況はさっぱり分らないので、いったいなんといえばいいのか戸惑い、ルブルム先生は、

「私はなんら経過も結論も聞いておりませんので事情がよくわかりません。それでど

う挨拶すればいいのか分かりません」

と挨拶を断った。

そこで今里副委員長があらためて立ちあがり、ルブルム先生から辞退の申し出があったので県医師連盟は支援活動を中止する、との旨を伝えたので、ルブルム先生は唖然として、

「私はそんなことはひとこともいった覚えはありません。待機させられてからこれまで誰ともお会いしてないではありませんか。そんなことなら辞退できません」

と強く反発した。

五時間もほったらかしにされて、挙句に本人から辞退の申し出があったなどと話をでっちあげられてはたまったものではない。それが爆発した。

このルブルム先生の発言に委員会はふたたび騒然となり、振りだしにもどったような状態になった。

しかし委員会は、本人が辞退を表明したという今里副委員長の話を聞かされたときから一気に熱が冷めていて、これ以上の混乱は避けようという空気が支配的となっていた。蒸し返しもあったが、結局城山後援会会長とルブルム先生ふたりで話しあうこ

とが提案され、その間ふたたび休憩となった。

ルブルム先生にとって不可解なのは、みずから辞退の申し出があったというくだりである。そんな事実は毛頭ない。

なにがなんでも支援を打ちきるとの結論が先にあって、県医師連盟は強引に集約を急いだのではないのかという疑念がぬぐいされなかった。

城山会長とふたりで別室に移ると、城山会長はため息をつきながら、ルブルム先生の目を食い入るように見つめ、

「花木日医会長に呼ばれて今里副委員長が上京したことを覚えているか。あのとき十郎丸幹事長のところに今里副委員長がいっしょされたのは君のためとばかり思い込んでいたが、どうもそうでなかったらしい」

と辛そうに切り出した。

「じゃあなんだったのですか」

あのころは県医師会も日本医師会もルブルム先生の公認獲得を強力にやっていたはずだ。

「花木会長と今里副委員長は逆に十郎丸幹事長から呼ばれたのだよ。そのとき副委員

長は幹事長と花木会長から長崎の保守一本化を強く要望されたということだ」

「おそらく、それは全国区の湧川候補と絡んでいるのですよね」

「もちろん。絡むというよりそちらが本命だったのだ。日医会長はそのために今里副委員長を長崎から上京させた」

「湧川選挙を人質にとられては十郎丸幹事長の要請に、花木会長も今里副委員長もノーといえなかったということですか」

今里副委員長は城山会長にそのときの状況を詳しく説明し、苦しい胸のうちを明かされたそうだ。

ルブルム先生にとっては全然納得できる説明ではなかったが、はじめての県議選以来大恩ある城山会長に逆らうことはできない。

ふたりで十郎丸幹事長の汚いやり方に悲憤慷慨しながら、三十分後に会場にもどった。

城山会長は話し合いの結果を、

「自民党県連からの強い働きかけがあって、長崎県医師連盟がルブルム先生を説得した結果、保守一本化に協力することをルブルム君も了解してくれました」

と手短く報告した。

一部の委員から、採決で決すべきだと強い抗議もあったが、逆にこれ以上経済的な負担が生じるのはごめんだという反対意見もあり、すでに無所属で戦おうという熱気は去っていて、報告はそのままうけいれられた。

ここで今里副委員長がふたたび演壇にむかった。

「それではルブルム先生の立候補を取りけします」

と発言したので、ルブルム先生はびっくりして即座にマイクをつかみ、

「それはできません」

と大声をあげた。

県医師連盟が推薦する、しないは連盟の権限だから仕方がないが、立候補する、しないはルブルム先生個人の権利である。仮に降りるにしてもルブルム先生は後援会の意見を聞かずして立候補をとりさげるわけにはいかないのだ。

県医師連盟は土壇場で選挙の方針を百八十度転換し、今里副委員長はルブルム先生の無所属出馬に反対し保守一本化に懸命に努めた。しかし、立候補の取り消しにまで言及されるのは越権行為だ。

このルブルム先生のせめてもの抵抗は各委員にうけいれられ、今里副委員長は前言をとりけし、

「要求五項目についての念書を自民党県連からもらったうえで、医師連盟としてはルブルム支援を中止する」

と、訂正した。

いっぽう、ルブルム先生は後援会の意見を聞き、後日態度を決める、ということで決着。午後二時から延々六時間半にわたった県医師連盟執行委員会はついに閉会した。ルブルム先生をおろし、保守一本化に県医師連盟が極力貢献するというシナリオは、強引な結末だったが成立をみたのだった。

委員会終了後、ただちに今里副委員長は阿比留幹事長とともにまちうけていた記者との会見に臨んだ。

まず今里副委員長は、

「長時間にわたって議論は沸騰し、県医師連盟は戦う姿勢を崩してはいない。しかし保守一本化をめぐって医師会が分裂するのは避けなければならないという意見が大勢をしめた。そこで県医師連盟からの五項目にわたる条件にたいする自民党県連の回答

を求めたが、その回答を了として本日をもってルブルム選挙から降りる」

と委員会の結果を報告、つづいて自民党県連の阿比留幹事長が、

「保守一本化を強くお願いしたが快く了解していただき感謝の申しようもない。県医師連盟の五項目の条件は当然のことであり、忠実に守らせていただく。またこの公認に関して一連の不手際があり、医師会のみなさんに迷惑をかけたことに幹事長名で陳謝する」

と緊張気味にお礼を述べ、ホッとした様子を隠さなかった。

ルブルム先生も、城山後援会長も記者会見に同席してほしいと医連執行部からの強い希望があったが、ふたりはまだ後援会と相談していないから、きょう記者会見はできないと断った。実際まだ心の整理ができていなかったのである。

ただ記者団からは、

「なにはともあれ現在の心境だけでも話してほしい」

とさらに要望があり、それには応じることになった。

会見でルブルム先生は、

「出馬したい意志はあるが、県医連が態度を決定した以上、組織や資金を考えると困

難になったことはたしか」

と述べ、城山後援会長は、

「後援団体のなかでもっとも大きい医師連盟が引いたということは残念です。私としては他の後援会のかたがたと急いで相談し、ルブルム君の今後のことを決めたいと思っています」

と発言、最後にふたりとも現在の心境について問われたのにたいし、

「多数の支援者に申しわけなく思う」

という言葉で結んだ。

記者会見が終わり、車で待機していた浦川事務長と三人で後援会事務所にむかった。

ルブルム先生は車のなかで、

「湧川選挙を人質にして長崎の一本化工作をするなんて、なんと卑劣なやり方なのだ。浦川さん、医師連盟の推薦なしでも選挙はやれませんか」

と、もやもやした心のうちを漏らした。

深夜、県医師会によびだされてからこの急転直下の推薦取り消しまでの経過に、浦川事務長もよほど悔しかったとみえて、

「県医師会が腰砕けになっていることは金田代議士から聞いて知っていましたから、私もそのことは考えつづけてきました」

「どうですか、やれませんか。私はどうなってもかまいませんから」

とルブルム先生がたたみこんだ。

「ずっと考えているのですが、むずかしい問題がひとつあります」

浦川事務長は慎重に返事した。

「何ですか、それは？」

と、ルブルム先生が意気込んで尋ねると、

「ポスターです」

事務長はひとことで答えた。

「ポスター……？」

どういう意味なのかとルブルム先生と城山会長が首をかしげると、

「ポスターをどうして県下に貼るか、その対応が医師会の協力なしではできないのです」

ライトアップされた道路ぞいのナンキンハゼが、後ろに飛んでいく様子を車のなかから見やりながら、浦川事務長は困ったように返事した。

ポスター貼り。

県会議員選挙の長崎市だけでも七百五十一の公営掲示板がある。選挙の火ぶたが切って落とされると、これだけの数のポスターを市内いっせいに貼らねばならない。掲示板は全市すみずみにまたがっているので、前もって場所を確認し貼る準備をしておかなければ当日ではとても間にあわない。ルブルム先生の県議選では、車と作業員を後援会青年部と長崎市医師会職員で準備、動員してきた。

参議院長崎選挙区となると、これとは比べものにならないほど広い。県下八市七十一市町村にまたがり、公営掲示板も六千四百二十四と膨大な数にのぼる。しかもルブルム陣営にとっては長崎市以外の選挙ははじめてだ。

浦川事務長はその対応を郡市医師会にたのんで体制を組み準備させていた。ところが県医師会が支援しないと決定したいま、その協力はご破算となる。その代わりの手段を浦川事務長は見出せないと訴えているのだ。

「なるほど、ポスターか」

城山会長もうなった。たしかに難問だ。長崎市だけなら後援会でなんとかやれるかもしれない。しかしあとの七市七十一町、貼る手段を見出せない。しかも明後日が選挙公示となれば、これからポスター貼りの組織を構築するのは不可能だ。

ルブルム先生の脳裏にはじめて〝断念〟という二文字がうかんだ。

(8)

重々しく今里副委員長と阿比留幹事長のあいだで交わされた念書が、なんの意味ももたないことは、書いたほうも貰ったほうも暗黙の了解である。だからルブルム先生もこれまで一瞥《べつ》もしなかったが、きょう県医師連盟執行委員会で配られたのを読んでその内容に驚いた。

ルブルム先生をおろすための念書であるはずなのに、まず第一項目に湧川方栄氏のことをもってきて、最大の努力をするようにと求めている。ルブルム先生の処遇についてはなんと最後の項に、「責任をもって善処せられたし」との一行だけである。いったいこれは誰のためのなんの念書なのか。

翌日の地元新聞には一面トップで、「激論、延々六時間半」と大きな見出しでこの日の模様を載せた。

《一日午後二時から始まった県医師連盟執行委員会は、報道関係者を一切シャットアウトしての秘密会議。〃ルブルム氏擁立か、断念か〃午後五時の記者会見予定時間になっても会議は終わらない。七時、八時、いたずらに時を刻む。夕食抜き、お茶だけの白熱の議論が続いているもよう。午後二時から別室に控えたルブルム氏。「もはや公示の前々日、すでに大事な時機を逸している。私は怒っているのですよ」と腹立たしげ。この日予定していた選挙事務所開きをやむなく延期。周囲は出馬断念を察知したムード。そんなことに関係なく、会議場ではカンカンガクガクの論議が続く。午後八時半、激論は終わった。直ちに記者会見。臨んだのは今里県医師連盟副委員長、阿比留恒彦自民党県連幹事長。

「県医師連盟は戦う姿勢を崩していない。しかし保守一本化のためには分裂を避けねばならない。五項目の条件に対する県連の回答を了として本日を持ってルブルム選挙から降りる」

と苦渋に満ちて語る今里副委員長。

「保守一本化を強く要請した。県医連の五項目条件は当然だと思う。不手際は幹事長の名において陳謝する」

と阿比留幹事長。幹事長就任後の初仕事を終え、安堵の色がにじむ。県医師会館の玄関先。ぶ然とした顔で帰途に着く医師たち。

次いでルブルム先生の記者会見。

「出馬したい意思はあるが、県医連が決定した以上、組織や資金を考えると困難。非常に悔しい」

と不出馬表明。県議選を見送り、昨年から参院選一本に照準を絞ってきた。いったんは党県連選対の公認推薦を取り付けての大逆転。悔しさがありあり。

最後までもめ続けた自民党公認問題。その背景には本県選出の同党国会議員団の思惑があるといわれている。事実、今回公認となった農協中央会長、大垣精二氏（五六）支持とルブルム氏支持の両派に分かれ、すさまじい確執が展開された。公認が長引いた原因はここにあると見る向きが多い。

派閥次元、国会議員の思惑などに強い抵抗を見せたのが県医師連盟。当初は「公認、非公認を問わずルブルム氏擁立」と強硬姿勢だったが、公認が大垣氏に決まり、県連の一本化工作が始まると一気に軟化した。保守一本化の大義名分、自民党を敵に回すわけには行かないとの意思が強く働いたようだ。六年前の参院選公認劇とよく似たパターン。またも土壇場で保守は一本化した》

六月二日。

選挙公示前日、ルブルム先生は、県議会控室で開催されていた自民党県議団総会に出席させてもらった。長いあいだ迷惑をかけたことをお詫びし、ここではじめて正式に立候補断念を表明した。それに対し阿比留幹事長から快く保守一本化に協力してもらったと報告があり、議員総員の拍手で退出した。虎谷前幹事長は県議会議長に選出され、町村議長は自民党議員団団長に就任した。両議員とも今回のこの参議院選挙が泥沼の戦いなることを、事前に予感されておられたのではないだろうか。最後まで手を挙げられなかった理由がおぼろげに見えた気がする。それにしても県議団とはつらい再会と別れであった。

終始温かく指導してくれた金田代議士にルブルム先生はこのことを電話で報告した。金田代議士は、

「残念なことだが仕方がない。また機会を見て出るようにせんといかん。君もつらいだろうが後援会へお礼の挨拶をきちんとしておくことがもっとも大切なことだ。城山会長にご苦労さまでしたと伝えてくれるよう」

と慰めてもらった。金田代議士には最後の最後まで気づかってもらい、心に沁みた。

ルブルム先生の戦いはすべて終わった。

六月三日。

参議院議員選挙公示日。

長崎選挙区からは予定通り自民党から大垣精二氏が立候補、それに社会党、共産党からの立候補で三人の争い。自民党全国比例区では湧川方栄氏が第十二位にランクされ立候補した。

そのころ、ルブルム先生は機上の人だった。

応援してもらった鹿児島、宮崎両県医師会長、宮崎の橋口先生へのお礼とお詫びの旅に発ったのだった。

長い長い戦いが終わってこの選挙期間中は長崎に居たくなかったこともある。

機上でうとうととまどろんでいると、

「違うのだな」

と、懐かしい声が聞こえた。

「あっ、副院長」

顔をあげると、雲の上に日高副院長が立ってルブルム先生を見つめている。

「なにが違うのですか」

ルブルム先生が尋ねた。

「選挙だ」

「選挙のなにが違うのですか」

重ねて問うと、

「動機だ。動機がすべてだ。私憤ではダメなんだ」

副院長の声には力がこもっている。

「私憤でありません。卑劣な選挙にたいする正義の戦いです。それをいうなら義憤です」

ルブルム先生が思わず弁明すると、

「あれが義憤と君はいうのか。大義はどこにあった？　国や国民のことが頭にあったか？　農政連との公認争いに終始していただけじゃないか」

口調は厳しい。

「せめて被爆者のことでも頭にあればまだ救われた」

副院長はそうつけ加えると、上着のポケットから煙草を取りだし口にくわえ、ルブルム先生を見てニコリと微笑んだ。

「あっ副院長、それは駄目です」

ルブルム先生は慌てて椅子から身を乗りだし、タバコを取りあげようと手を伸ばすと、副院長の姿はたちまち雲の間に消えてしまった。

鹿児島空港のタラップを降りながら、私憤だと叱られたけれども、お元気そうな日高副院長に会えてよかった。胸に懐かしさと嬉しさが込みあげてきた。

六月十八日

参議院選挙が終わった。

大垣精二氏は圧勝、長崎選挙区の自民党議席を守り、田中派の議席を一つ増やした。

湧川方栄氏は比例区で定員五十名中二十九位当選、直ちに田中派に入会した。

この選挙で自民党は十郎丸幹事長のもと六十八議席を確保、非改選議員と合わせ百三十七議席と、参議院議席数二百五十の過半数を獲得、田中派もさらに膨張した。

ただひとつ。十郎丸幹事長の私設秘書、岩崎肇候補は鹿児島選挙区で落選、幹事長の権威にいささかの影を落とした。

（おわり）

この作品は雑誌「ら・めえる」67、68、69、70号に掲載されたものを、加筆、修正したものです。
作品はフィクションであり、登場人物・団体名は実在のものとは関係ありません。

参考文献

・長崎県議会史
・長崎県議会会議録
・長崎県議会厚生委員会会議録
・長崎新聞
・読売年鑑
・「死と対峙して」　迎英明著
・日赤原爆病院創立二十周年記念誌
・「闘病日記」　安日晋著
・参議院選レポート　横瀬昭幸著

◆著者略歴

田浦　直（たうら　ただし）

1937年4月佐世保市相浦生まれ。県立長崎西高、長崎大学医学部卒業。長崎原爆病院皮膚科部長、長崎市医師会、長崎県医師会の理事など歴任。長崎県議会議員（5期）、参議院議員（2期）。

現在、社会福祉法人橘会理事長、ＮＰＯ法人長崎こども囲碁普及会理事長、長崎ペンクラブ会長、文芸誌「ら・めえる」発行人。

著書に『ルブルム先生　喜怒哀楽』、『五回も勝ちました』、『ただ、もくもくと』。長崎市在住。

ルブルム先生奮戦記

発行日	初版　2016年8月1日
著者	田浦　直
発行人	柴田　義孝
編集人	堀　憲昭
発行所	株式会社 長崎文献社 〒850-0057　長崎市大黒町3－1　長崎交通産業ビル５階 TEL 095-823-5247 IP 050-3536-5247 FAX 095-823-5252 ホームページ http://www.e-bunken.com E-mail info@e-bunken.com　nagasakibunknsha@gmail.com
印刷所	株式会社 インテックス

ISBN978-4-88851-261-9　C0093